私が虫を食べるわけ

EDIBLE

An Adventure into the World of Eating Insects and the Last Great Hope to Save the Planet

Daniella Martin

ダニエラ・マーティン　著

梶山あゆみ　訳

飛鳥新社

私が虫を食べるわけ

愛するソウルメイト、ブライアンへ

目次

プロローグ　虫食う女も好きずき

この本のテーマはずばり虫を食べること。そう、本物の虫。最後まで読んでくれたら、きっとあなたもこの食の革命を自分の舌で確かめてみたくなる。

だって、虫を食べることは理にかなってるんだから。お財布にも環境にも優しいし、栄養があるし、世界中で手に入って、調理も簡単。おまけにこんなにも美味《おい》しい。なのに虫に対するみんなの反応はさまざま。バカにして相手にしなかったり、逆に怖がったり、ただただ毛嫌いしたり。嫌いな人にとってみたら理屈じゃなくて本能のレベルだから、虫好きな人間がいること自体が信じられないみたい。でも、いやでもなんでも、地上で一番生物量《バイオマス》が多いのは虫。つまり、陸上にすむ動物を全部集めたら、そのほとんどが虫なの（想像するだけで鳥肌が立つ？）。地球がどんな惑星かを生物の数で決めるとしたら、「虫の惑星」以外にないでしょう。

その虫は、私たちが死んだら土に返るのを助けてくれる。世界を動かすのは金だ、なんていうけれど、それは人間社会のなかだけの話。自然界に目を向ければ、動かしているのは虫なんです。虫は授粉と分解という、命の始まりと終わりに深くかかわっている。作物が人間の食料となるためには、授粉がどれだけ大事なことか。私たちはことさらに虫を嫌いたがるけど、ハチはもちろんカまでもが、授粉を通して命を生みだすのを手伝っている。分解を担っているのもおもに虫。虫が死骸を解体して、新たな生命が花開く場所をつくってくれる。なのに人間ときたら、虫がまるでゴミ以下の存在みたいに扱う。そのゴミが消えてなくなってくれるのは虫のおかげでもあるっていうのに。

私がこれほど虫に夢中になったのも、一〇年近く虫のことを考えつづけてあれこれ調べてきたのも、あげくにこんな本を書いたのも、大きな理由はそこ。本当なら、ひとり残らず虫を食べていていいはずだって心から思うの。遠い祖先はそうしていたし、世界には今でもそういう国々がある。霊長類のいとこたちもやっている。だいいち私たちの口にだって、知らぬまにしょっちゅう入っているのよ?

なにも食生活をすっかり改めろとか、大好物を諦めろとかっていっているわけじゃない。ただ、ほんの少し心を開いて、虫にチャンスを与えてくれれば。あなたの味覚のレパートリーに虫も加えてあげてほしいだけ。

私が何をしているかを知ると、人は決まって「なんでそんなことになったの?」って尋ねてくる。

食べようと思って初めて虫を食べたのは、メキシコ南部のオアハカでのこと。私は文化人類学の学士号を取るために学生ビザで旅をしながら、コロンブス到来前の食事や医術について調べていた。とくに興味があったのは、先スペイン期の生活様式が現代の暮らしにどれくらい残っているか。なにしろスペイン人に征服されて、先住民の文化は一度徹底的に叩きつぶされてしまったから。

「昆虫食」なるものがあることは、大学で本を読んで知っていた。アステカ人やマヤ人は、虫でもネズミでもヘビでもトカゲでも、そこらにいるものはなんでも食べたの。しかもそれが吉と出ることも多かった。たとえば、アステカ帝国の都だったテノチティトランの湖で、リュウゼツランの繊維で編んだ網を投げると、季節がよければものの数時間で水生昆虫や幼虫が一〇キロ前後も捕れたんだそう。たいした量じゃないって？　でも、狩りをするとなったら危険や苦労と背中合わせだし、獲物をつかまえられる保証もない。それに比べたら投資のわりにかなりのハイリターンでは？　手間もエネルギーもリスクも呆れるほど少なくていいのに、良質のタンパク質や脂質、それにミネラルやビタミンがたっぷり手に入るんだから。

昆虫食は、遠い昔の習慣が目に見える形で残った数少ない例のひとつ。だから、メキシコに行ったら食用の虫を試すしかないって心に決めていた。もちろん虫に限らず、現代のメキシコで愛されている食べ物にはアステカにルーツをもつものが多い。トルティーヤやタマル〔訳注　練ったトウモロコシの粉に香辛料とひき肉を混ぜ、トウモロコシなどの皮に包んで蒸したメキシコ料理〕がそうだし、インゲンマメやトウガラシもそう。ただし今は調理にラードが使われていたり、近代的な加工機械が利用されたりして、寸分たがわず昔ながらの姿とはいえない。ところが虫は、たいてい数千年前と同じようにして食べられている。日干しにしたり、コマルと呼ばれる平たい陶板で焼いたり、モルカヘテですりつぶしたり。モルカヘテっていうのは、火山岩を削ってつくった乳鉢と乳棒のことで、台所道具としては世界最古の部類に入る。

虫は都会では珍味とされていて、それなりの値段がつく。一方、先住民の大多数が暮らす田舎では、虫はもっと日常の一部。私にはそのことが、過去との絆が絶たれていないしるしに思えた。今も生きる古い伝統を記録するのが私の目的なので、文化人類学の観点からいえばこっちのほうがおもしろい。

というわけで、色鮮やかなマヤの民族衣装に身を包んだ中年の女性が、オアハカの町の広場で炒ったバッタを売っているのを見たときには、迷わず飛びついた。二〇ペソを払って小さな紙袋を受けとると、中には赤レンガ色の虫がいっぱい。現地では「チャプリネス」って呼ばれていた。紙袋を手に屋外のカフェに向かい、席に着く。どう考えても、これを流しこむ飲み物がいりそうよね。コーラを頼んで、味見の前にイカした写真を撮ろうと、白いテーブルクロスの上にザラザラとチャプリネスをあける。いよいよ勇気を奮って最初の一口を……と思ったとたん、信じられないことが。通りにいたトリケ族らしき子どもたちがまっすぐにやって来て、テーブルからじかにチャプリネスを食べはじめたの！　こっちの許可も得ずに！　あっというまにほとんどなくなっちゃった。

そうね、たぶんおなかがすいていたんでしょう。オアハカでは住民の七割以上が極度の貧困のなかに暮らしている。子どもたちは来る日も来る日も観光客に物乞いをして、その親たちは市場でいろいろなものを売る。たとえば、トウモロコシに唐辛子をかけたエローテスや、先住民の伝統工芸品や小物、それからもちろん炒った虫も。子どもたちは何度も目にしていたんでしょうね。観光客が「ものの試しに」チャプリネスを買っては、一～二匹口に入れて顔をしかめ、何枚か写真を撮ったら残りを捨てちゃうのを。だからきっと私も同じだって考えた。「かまいやしない。どうせ観光客だ。さっさと食ってずらかろうぜ。まだ焼きたてのうちに。ゴミ箱をあさらなくて済むうちに」。とまあ、貧しい子どものかわいそうなお話といえなくもないけれど、チートスみたいなスナック菓子のほうがよっぽど体に悪いものでできているわけだから、アメリカの子どもとどっちが本当に気の毒なのかは微妙なところ。

私はどうにか二～三匹だけチャプリネスを味わうことができた。もっと残っていたとしても、捨てちゃっていたかな。それはまさしく未知の味。少し焦げて干からびた、スパイシーなポテトチップスとでもいいましょうか。でもほとんどは気持ちの問題で、食べすぎちゃまずいという心の歯止めがかかっていた。だめだめ、あんたが虫になっちゃうよ、って（カフカの『変身』じゃあるまいしね）。とはいえ私は、人が気持ち悪がるような食べ物が大好きだったりする。牛の舌に、発酵した臭い大豆、缶詰のニシンやカキ、脂っこい生のサバに、ありとあらゆる魚の卵。だったら虫を試さない手はない。

　例の子どもたちにしても、味が好きで食べている印象を受けたの。アメリカの子どもがチートスに手を伸ばすみたいに、チャプリネスが欲しくて仕方ないんだ、って。

　食うに困っているわけじゃなくても、子どもが美味しそうに虫を頬張るのをこれまで私は何度も目にしてきた。しかも、たいていの子は親の見ていない隙をつく。ジョージア州で虫料理の実演をしたときには、私がソテーした幼虫を四歳の男の子が二〇匹以上も食べちゃって、ついには母親に引きずられていったものの、そのときもまだ口をモグモグさせていた。その子はガの幼虫にありつこうと、文字どおりほかの子どもを押しのけて前に出てきて、みんなの爆笑を誘ったっけ。カナダのナイアガラの滝ではインド系の六歳の女の子が、大きなコオロギの素揚げを六匹も平らげて見物人をあっといわせ、保守的な両親を茫然とさせた。子どもたちは親の目を盗んで何度も私のところに戻ってきては、嬉しそうにかじりながら去っていく。北カリフォルニアのテレビ局の番組向けにサンフランシスコで撮影をしたときもそう。準備をしていたら、スタッフの六歳になる娘がやって来て、カメラも回らないうちから炒ったミールワーム（ゴミムシダマシの幼虫）とコオロギを六匹も胃袋に。
どの子も、人をおどかしたくて虫を食べているわけじゃない。フェイスブック用の写真にちょうどいいと思ってやっているんでもない。ただ美味しいから。それに、まだ頭が柔らかくてすれてもいないので、虫はだめという考えがしみついていないせいもある。いけないことをしているみたいなスリルがたまらない、っていうのもあるかな。なにしろ、親が「気持ち悪い、汚い、危ない」と止めるものを口に入れるんだから。

子どもの内面には野性が残っていて、泥んこやジャングルに片足を突っこんだまま。それを私たちは文明化し、社会に適合させて、秩序を与える。おかげで子どもたちが大人になるころには、手放しの好奇心も自然への信頼もあらかた消毒されてなくなっている。

虫を食べてもいいんだよ、って教えてあげると、たいていの子は喜ぶ。子どもはもともとなんにでも興味をもつ生き物だし、偏見や恐れで目が曇ってもいない。だから虫を口にすると考えただけで、すっかりわくわくモードに。そして実際に味がいいとわかれば、もう怖いものなし。私もそうだった。虫は美味しくいただけるんだって知ったとき、まったく新しい可能性が目の前に開けたような気がして、やたらと嬉しくなったっけ。誰彼かまわずこう話しかけたくなったの。ねえ、そこら中にいっぱいいるあの小っちゃくて色とりどりのやつ、あれって見た目がカッコイイだけじゃなく食べ物にもなるの、知ってた？

メキシコで初めて虫を味わったとはいっても、昆虫食についてすぐに調べはじめたわけじゃない。それはまだ、卒業論文で取りあげる題材のひとつにすぎなかった。ただ、私の心をとらえて離さないテーマでもあった。その後何年かしてようやく知ったのは、じつは昆虫食を推進する運動が世界にはあるってこと。熱意あふれる少数の人たちが、虫を食べるという昔ながらのアイデアを西洋の文化にもち込もうとしている、っていうの。

二〇〇八年、たまたま目にした『タイム』誌の記事に、バージニア州で開かれた虫料理コンテストの模様が紹介されていた。対決したのは、虫料理研究家のデイヴィッド・ジョージ・ゴードンとデイヴ・グレイサー。記事には、国連食糧農業機関（ＦＡＯ）の主催で、昆虫食の国際会議が少し前にタイで開催されたことも記されていた。しかも、昆虫を地球全体での食料源にするためにさまざまな研究が進められているんだとか。世界の飢餓を解決するひとつの手段として、また牛肉などの家畜肉に代わる環境に優しい食べ物として、虫は期待を集めているんだ、って。

私は衝撃を受け、そしてゾクゾクするような興奮も覚えた。アメリカでは虫を食べる習慣がほとんど知られていない。だから私は誰にもいわず、ひとりひそかに興味を抱いていた。そしたらそれを国際的な機関が真面目に取りあげていて、アメリカにもこの問題に真剣に取りくんでいる人たちがいるらしい。おまけにＦＡＯのお偉方までもが昆虫食に可能性を見出しているなんて。これはもう、本物。

そしてこのとき思ったの。まずは自分で虫を料理してみなくっちゃ、って。

とはいうものの、これは相当に勇気のいる作業。私はクセのある食べ物が好きなわりに、用心深くて自分の体調に神経質なところがある。実際に胃腸もあんまり丈夫じゃない。お酒は弱いし、乳製品を摂ればおなかを壊すし、朝食がシリアルだと決まって胃が痛くなるし。そんな人間が、長らく忌み嫌われている風変わりなものを食べようと思ったら、いったいどこから手をつければいい？

とりあえず、デイヴィッド・ジョージ・ゴードンの『虫食い料理ブック――バッタ、アリ、タガメ、クモ、ムカデなどを美味しく食べる33のレシピ』を買ってみる。次に取りよせたのが『虫料理――食用昆虫のグルメガイド』。著者のフリエタ・ラモス＝エロルデュイはメキシコの女性生物学者で、先住民の昆虫食を専門にしている。アメリカの料理本と、それを補うメキシコの伝統レシピで身を固めて、私は目標に向けて一歩を踏みだした。

調理済みの虫はすでに試していたので、今度は「生《なま》」で実験してみたい。それには、生きたままの虫を注文しなくっちゃ。

でも、生きている食用昆虫なんて、どこで売っている？　食欲の湧くような虫がちゃんと手に入るんだろうか。調べてみたら、どうやら昆虫の養殖場から購入するのが一番いいみたい。そういう養殖場では、おもに爬虫類《はちゅうるい》を飼っている人向けに虫を育てている。要するに私は、トカゲの餌を食べようとしてたってわけ。

とはいえ困ったのがその虫の生い立ち。私は屋台のタコスが大好きだし、街角で売っている怪しげなホットドッグにだって平気でかぶりつくせに、虫がどういうふうに育てられたのかが気になって仕方なかった（虫を食おうというからには慎重さと大胆さの両方がなくっちゃね）。そこで、片っ端から電話をかけてみた。単刀直入に、人間が口にしても安全かどうかを尋ねてみる。その虫はいったいどんな餌をもらっているの？

答えはさまざまで、なんとはなしに気持ちをザワザワさせるものばかり。「コオロギ用の餌をあげています」とか「ドッグフードが中心です」とか。ときには「おたく、うちの虫で何がしたいわけ？」も。ようやくたどり着いたのがサンディエゴ・ワックスワーム養殖場。電話に出た女性はこう答えた。「ああ、大丈夫ですよ。主人なんて、飼育箱からつまんで生のまま食べることがあるくらい」。ビンゴ！　絶対安心とはいえないかもしれないけれど、手始めとしてはいい感じ。どうせ火を通すつもりだし。

というわけで、生きたワックスワーム〔訳注　日本ではハニーワームともいう〕を二五〇匹注文して、期待と不安が入りまじるなか到着を待った。ワックスワームというのはハチミツガの幼虫のことで、要はイモ虫。野生の状態ではハチの巣に寄生している。ハチの食べ残しや花粉をくすねたり、蜜蠟《ワックス》のトンネルを口で掘りすすんだりしているのでその名がついた（まるでハチの巣の中のパックマン！）。養蜂家にとっては頭痛の種だけれど、養蜂家がニワトリを飼っているならいい餌になる。

養殖の場合、ワックスワームは小麦ふすまとハチミツを与えられているんだとか。うん、なかなかよさそうじゃない？

「生きた動物　注意」のシールをつけてその箱はやって来た（大家が何か勘ぐったかも）。箱には小ぶりの青いプラスチック容器が入っていて、上に細かい空気穴がいくつかあいている。ふたを取ると、虫の柔らかい体を守るためにおがくずがたっぷりと敷かれ、小さなクリーム色の幼虫がうごめいていた。ちょっぴりウジみたい。でも、もっと大きくてベージュがかっている。一匹つまんでみると、ブヨブヨしていた。ちっちゃな黒い頭。短く突きでた六本の足は、犬のおっぱいを思わせる。すぐに身をよじって私の指を逃れ、また安全なおがくずにもぐり込んでいった。

本によれば、虫は料理する前に凍らせておくのが一番だとか。でも、われながら奇妙な感情が湧いてきて、こんな無防備な赤ちゃんを冷凍庫に入れて死なせるのはどうにも気が進まなかった（クネクネしていても赤ちゃんは赤ちゃんでしょう？）。それでも覚悟を決め、手短に祈りの言葉をつぶやいてから、中に押しこんで扉を閉めた。

数時間後、冷凍庫から出すとワックスワームは硬くなっていて、大きな種か何かみたいになっている。体についたおがくずを取るため、クッキングシートに虫を全部あけて広げた。融けてきたら扱いにくくなるので、手早く作業しないと。

たちまちベージュのイモ虫の小山ができた。それを水きりボウルに移して、わずかに残ったおがくずを洗いながす。いよいよ調理する番。刻んだタマネギをキツネ色になるまで炒めてから、おっかなびっくりワックスワームの山をフライパンに放りこんだ。

フライパンに当たったとたん、虫はジュージュー音を立てながら形を変えていく。小さな体が熱を受けてまっすぐに伸びるのがなんとも不思議で、フライパンを揺すりながら吸いこまれるように見入った。そして、立ちのぼってきた香り！　キノコにそっくり！

ところが、当時つき合っていたニックは異議を唱える。「変なにおい。土臭いっていうか」。鼻にしわを寄せ、あとずさりしてキッチンを出た。この男は漢方医学の学位をもち、中国に住んでいたこともあり、もっと得体の知れない臓物を平気な顔してエスニック・レストランで頼んでいる。よくもまあ、そんなことがいえたもの。

「まあ、キノコも土臭いっていえば土臭いんじゃない？」と私。

「いや、やっぱり変なにおいだよ」。でもこれは本人の気持ちの問題で、先入観がそういわせたんでしょう。私にはキノコそのものに思えたし、嗅覚には相当な自信がある。

ワックスワームはキツネ色に変わり、火の通ったタマネギみたいに端のほうが透きとおってきた。箸でひとつ取り、息を吹きかけてさましてから、おそるおそる指でつまんで口に入れてみる。

うーん。噛みごたえがある。温かくて香ばしいレーズンみたい。バターのような、ナッツのような風味もあり、ほのかにキノコの香りがする。正確にいうと……そうだ、細長い日本のエノキダケ。少し塩を振ってからもう一匹味見してみる。

「うわっ、何これ、すっごく美味しいよ！」

「よかったね」。隣の部屋からそっけない返事。

黄金《こがね》色に輝く幼虫をしゃもじでたっぷりとすくい、コーントルティーヤにのせる。メキシコ先住民風虫料理のお手軽版って感じ。サルサをかけ、スライスしたアボカドとコリアンダー少々をトッピングしてできあがり。大きくがぶりといってみる。絶品！　ナッツのコクに香ばしさが漂い、土の風味がまた心地よく、おまけに栄養満点。文句のつけようがない。

「ねえ、これ、本気でイケるよ。本当に食べなくていいの？　せめて一口だけでも？」

「いや、ほんとにいい」。有無をいわせぬ口調。「君が虫を食べたいっていうんなら、いくらでも力になってあげるよ。でも、ぼくはごめんだね」

たしかにニックは力になってくれたっけ。その年の誕生日に、昆虫食に関する高価な学術書をプレゼントしてくれたの。その手の本は私にとって初めてだったし、専門家の書棚にだってそうは並んでいなさそうな一冊。おかげで私はこの道のエキスパートになれた。ニックはただ、実際に食べる作業に加わりたくなかっただけ。

『タイム』誌の記事にあった虫料理コンテストで優勝したのは、デイヴ・グレイサーの「女王アリとカメムシとワックスワームのサラダ」だった。デイヴがやっている会社、スモールストック・フーズ社を調べてみたら、入手の難しい食用節足類を世界中から仕入れて、ゲテモノ番組のレポーターみたいな人物に売っているとわかる。私は会社に電話をしてみた。ディヴはとても親切で、ロードアイランド州に来ることがあったらぜひ寄ってほしい、といってくれた。はい、じつは近々その予定があるんです！

ついに対面を果たしたとき、ディヴは「虫ざんまいのディナーをごちそうするから」と、ありがたくも自宅に招待してくれた。初めての体験に胸躍らせながら時間どおりに家に着き、すぐさま案内されたのが地下室。そこには冷凍庫があって、ドアを開けたら虫だらけ。お上品な人からしたら、化け物屋敷を覗きこんだ以外の何物でもなかったでしょうね。けれど私には、天国の扉が開いて天使の歌声が響きわたった気がした。本でしか見たことがないような虫が世界中から集められている。イナゴ、キリギリス、ゴキブリ、タガメ、巨大なアリ、小さい弾丸のようなハエのサナギ、ミナミアオカメムシ、タケムシ（タケットガの幼虫）、大きなナナフシ。ほかにも、ビニール袋やタッパーウェアに入った正体不明の虫たちが。

ディナーでディヴは私のために腕をふるってくれた。今にして思うと、材料に使われていたのはディヴの財産のほんの一部。でも、駆けだしの昆虫食愛好家にしてみればまさに夢の世界。まるで、車好きの人間が車庫の鍵を渡されて、開けてみたらランボルギーニとマセラティがずらりと停まっていて、好きなのに乗って一走りしてきていいよっていわれたみたいなもの。それくらい、そんじょそこらじゃお目にかかれない代物がここの冷凍博物館にはひしめいている。

　ディナーでまず気に入ったのがゴキブリ。コロンビア産のをこんがり焼いてある。以来私は、どこかのビルに入るとゴキブリがいるかどうかが察知できるようになった。スパイダーマンのスパイダーセンスならぬ、ゴキブリセンスってわけ。タガメはとにかく強烈な味だった。次に出てきたのが「オルミガ・クロナ」。スペイン語で「大きなお尻のアリ」っていう意味で、ハキリアリの女王アリだけを使った一品。カリカリして香ばしく、ポップコーンの中身を空洞にしてビーフジャーキー風味を加えたみたいな感じがする。ナナフシは葉っぱの味しかしなくてまずかった。葉っぱを食べて生きているから仕方ないのね、きっと。キリギリスとタケムシは素晴らしかった。軽くてサクサクしているところはまるでフライドポテトだけれど、でんぷんじゃなくてタンパク質が詰まっているところが素敵。ちっちゃなミナミアオカメムシも驚くほど美味しかった。ケールの葉にも似た、ほろ苦さと辛味がまた絶妙で。

　これだけの虫を腹に収めて、しかも輸入ものも交じっているわけだから、胃腸にくるんじゃないかってかなり心配になってきた。食物アレルギーがあるのについつい冒険しちゃったせいで、手痛いしっぺ返しを食らうことがじつはよくあるの。エキゾチックな虫だけの食事をして、ここまで少なくとも六種類を平らげ、そのほとんどを丸ごと食べたからには、今度のしっぺ返しは相当大きいかも？　ところが私は無事だった。その後も、虫のせいでおなかを壊したことは一度もない。

ディナーが終わるまでには、普通の人が一生かけても口にしないようないろいろな種類を味わうことに。こうして私は、昆虫食の世界へと正式に迎えいれられたの。

この初めての出会い以来、デイヴと私はおかしなことをあれこれ一緒にやっている。昆虫食の国際会議に出席するためにわざわざアラバマ州まで足を運んで、かのフリエタ・ラモス＝エロルデュィと一緒に料理をしたり。『ニューヨーカー』誌の記者のために、世界三大奇虫のひとつであるウデムシを揚げてやったり。食べた虫は数えきれないけれど、とくにいくつか挙げるなら、フンコロガシにスズメバチ、巨大ゴキブリに生きたシロアリ。虫料理コンテストでデイヴと競ったときには、私が「揚げタランチュラ・ロール」で勝った。誰も寄りつかない博物館の一角をふたりでさまよい、首都ワシントンの晩餐会で虫料理を提供し、見知らぬ人のキッチンでカメムシ料理の試作をしたこともある。夜にブラックライトを携えてサソリを捕ったかと思えば、アトランタ空港のロビーを行きかう人に虫スナックをふるまったりもした。

虫を食べることは、環境の面からも経済の面からも理にかなっている。しかも、期せずしてとても美味しい。味わえば味わうほど、虫を素晴らしいと思う気持ちが強くなる。野原や養殖場にいた虫を皿にのせていくうち、わがままな都会っ子だった私は食肉の大切さを身をもって学んだ。肉の元をたどれば、生きて呼吸をしている動物に行きつき、突きつめたらどれも私たちとたいして変わらない。だから肉を無駄にしちゃだめなの。

といって、動物性タンパク質をいっさい摂らないことが正解だとは思わない。私も菜食主義を試してみたことがあるけれど、心も体もひどく疲れやすくなった（「頭に霧がかかったようになる」のは極端なベジタリアンによく見られる症状のひとつ）。でももっと大きい理由は、それが私たちの祖先や霊長類のいとこたちの食習慣とは違うから。みんな、状況が許せばたいてい肉を食べてきた。量はけっして多くないし、もちろん現代人には遠く及ばない。それでも、間違いなくある程度は口にしてきた。

ヒトは草食動物じゃない。だから、巨大な胃袋を発酵タンクみたいにして、植物の繊維質を消化するような器用な真似はとても無理。肉食動物でもないから、栄養のほとんどをほかの動物の肉に頼っているわけでもない。私たちはれっきとした雑食動物。だからなんでも食べるし、「雑」のなかには動物も含まれる。それが虫だったらなぜいけない？　虫は短期間で増やすことができて、資源もたいして必要とせず、地球の生物のなかで最も数が多い。なのに、目障りだからっていうだけで無数に駆除されてきた。

この世に一番たくさんあるものを、活用しない手はないでしょう？

第１章 食肉をめぐるさまざまな問題

未来の世界を想像してみましょうか。環境への圧力はますます高まり、人口は増えつづけて食料問題が深刻となっている。中国はアメリカに巨額の債務の支払いを求め、農業補助金は減る一方。未来の飲食店は、材料費の高騰をどうやってカバーするかに頭を痛めている。そこで登場したのが、ユニークな切り口からアプローチするファストフード店、その名も「マクインパクト」。低価格路線を維持しているけれど、そこにはウラが。この店でハンバーガーを頼むと、その肉ができる過程で生じた副産物も全部もち帰らなくちゃいけないの。さあ、試しに入ってみて。

あなたは超透明な扉をくぐり、いかにも未来的なカウンターに向かう。そして、なんとはなしに「トラッカーズ・ディライト（トラック運転手の喜び）」という名のビーフバーガーを注文する。

「すぐに参ります」と店員は笑顔を向け、宙に浮いた半透明のタッチスクリーンを操作する。一分もしないうちにあなたのバーガーがカウンターに現われた。ところがその後ろで別の店員がゴソゴソと包みを開けて、注文の残りを取りだしている。何かって？　湯気を立てた牛フンの山が二キロに、三八〇〇リットルの汚水、四リットルのガソリンから発生した炭素の黒いドロドロ。そのとき大型車がバックする音が聞こえ、窓の外に目をやると一台のトラックが停まった。

「あれは？」

「お客様のバーガーをつくるために大規模肥育場で使用されていた設備、五・七立方メートル分でございます。少なくとも二〜三年はお待ちにならないと、別の用途にはお使いになれないかと」と店員は説明する。「おもち帰りになりますか？」

あなたは信じられないという顔で首を振り、バーガーのおかしな名前の意味をにわかに悟る。「これで全部？」

店員たちは顔を見合わせてため息をつき、ガスマスクをつけた。レジ担当がボタンを押すと、地を揺るがすすさまじいゲップの音が。たちまちあたりに卵の腐ったようなにおいが立ちこめる。「ウッ……！」

「お客様が注文されたメタンです」。店員の声はガスマスクのせいでくぐもっている。「二酸化炭素の二〇倍の温室効果があります」

あなたは吐き気のあまり体を折りまげ、「注文を変えたい」と絞りだす。

「かしこまりました」。店員はにこやかに応じて、いそいそとガスマスクを外す。「何になさいますか?」

今度はポークの「マックリブ」にしてみた。なんであれ今のよりはましなはず。やって来たのはマックリブ・サンドと、汚水が二三〇〇リットル。フンは一キロちょっとで済んだものの、メタンの雲はわずかに小さくなっただけ。

依然として吐き気にのたうちながら、あなたは「マックナゲット」に切りかえる。今度はそれほどひどくない。一〇ピース入りで、ニワトリのフンが五〇〇グラム足らずと、見たこともないほど汚い水が五七〇リットル。メタンも少し減っていた。それでもこれを運ぶのはやっぱり大変。

ふと好奇心に駆られ、陸の生き物をやめて「フィレオフィッシュ」を頼んでみる。出てきたものを見て、あなたは期待に胸をふくらませた。五〇〇グラム足らずの魚のフンに、ひとつかみの寄生虫、汚水はたったの三八リットル。これなら注文してもいいんじゃないかな、おなかもすいてきたことだし。やっと食事にありつけると手を伸ばしたそのとき、店員が大きな包丁を振りあげて、フィレオフィッシュ・サンドをほぼ半分のところでふたつに切った。小さいほうをゴミ箱に捨てる。

「ものによっては、魚の体の四四パーセントが小売業者や消費者によって捨てられています」。店員は肩をすくめる。あなたはがっくりとうなだれた。もう諦めよう。フライドポテトを頼み、足を引きずりながらカウンターを離れた。

私たちは毎日、あれを食べようこれを食べようとなんの気なしに決めている。でも、その食べ物のせいでどんなことが起きているかを目の前に突きつけられたら、本当にそれだけの価値があるのかとたちまち悩みだすんじゃないだろうか。ハンバーガー一個のために、これだけの炭素と、これだけの汚水と、これだけの……えー（コホン）……ウシクソを生みだす必要があるのか、って。世界の人口が増えていけば、こうした副産物からはますます逃れられなくなる。それを家にもち帰らなくていいとしても、裏庭に山積みにされる日はそう遠くないかもしれない。そこまでいったら、きっと誰もがよりよい選択肢を探しはじめるはず。

家畜の飼育がそれほど資源を食うのなら、いっそみんなしてベジタリアンになるっていうのは？　そうすれば、動物という中間プロセスが省けるし。だって要するに動物って、植物の栄養を濃縮して体の組織に蓄えているだけでしょ？

ところが、人間が人間らしくフル稼働するには、その栄養の詰まった動物性タンパク質が欠かせないんだと大勢の科学者が指摘している。進化生物学の研究によると、ヒトの脳が爆発的に大きくなったのは、祖先が口にする動物性タンパク質の量が増えた時期と同じ。動物性タンパク質には、大量のエネルギーがぎゅっと凝縮されている。だからそれを原動力にすれば、カロリーをたくさん消費する活動だってしっかりできるってわけ。言葉をしゃべったり、物事を批判的に考えたり、さまざまな感情表現をしたりするのも、そうした高カロリーの活動。それに、必須アミノ酸をすべて供給できるのは動物性タンパク質しかないわけだし。

人類が植物だけで生きていくのをベジタリアンは夢見るけれど、世界にあるのは作物の栽培に向く土地ばかりじゃない。飢餓がとくに深刻な地域では、土壌、天候、水の量といった条件が合わないせいで、どんなに農業がしたくたってできない状況にある。だとしたら、そこの人たちはどうすればいい？　余った食料を私たちが送ってくるのを待つ？　そんな「解決策」じゃ新たな問題が増えるだけ。

それよりもっといい選択肢があるじゃないの。はるかに優れた選択肢が。未来のファストフード店が「マック・ミールワームバーガー」や「コオロギナゲット」を販売すれば、サイドオーダーの副産物はうんとましになる。新鮮な土とほとんど見分けがつかない二三〇グラムのフンと、わずかに濁った水が三八リットル。メタンはなし。ごくわずかな炭素は出るけれど、それはこの変温動物の体を温めるエネルギーの分。

たいていの虫は骨をとり除く必要がないから、加工の際のエネルギーと水も節約できる。しかも、育てるのに場所を取らず、都会で養殖できるというメリットも。そしたら、輸送のための化石燃料もごくわずかで済むはず。サイドオーダーを全部ひっくるめても、そこそこの大きさの箱があればマクインパクトで食事を注文できる。つまり、食品をつくることで生じるさまざまな影響《インパクト》を個人のレベルでどうにかしたいなら、選ぶべきメニューはこれしかないってこと。

デイヴ・グレイサーいわく、「ウシやブタがＳＵＶ車なら、虫は自転車」。具体的な数字で比べてみると……

●牛肉一キロ≒飼料一〇キロ＋水八四〇〇リットル＋牧草地四一平方メートル（ウシ一頭あたり八〇〇〇平方メートル）
●豚肉一キロ≒飼料五キロ＋水五〇〇〇リットル＋放牧地三六平方メートル（ブタ一頭あたり二七〇〇平方メートル）
●鶏肉一キロ≒飼料二・五キロ＋水一三〇〇リットル＋放牧地一五平方メートル（ニワトリ一羽あたり九平方メートル）
●魚肉一キロ≒魚粉一・五キロ＋水の量は産卵のし方に応じてさまざま
●虫肉一キロ≒飼料二キロ＋水八・四リットル＋空間〇・〇六立方メートル

動物を「肉製造機」呼ばわりしちゃいけないわよね、きっと。でも、現に私たちはそういう扱いをしているわけだから、ここで建前は抜きにさせて。この肉製造機は種類によって性質が異なる。蒸気機関が燃焼機関とも風力タービンとも違うように、ウシはブタじゃないし魚でもない。それと、今は蒸気機関があんまり使われていない点にも注目してみて。牧草、穀物、魚粉といった飼料をどれだけ効率よく食肉に変えられるかは、「飼料変換効率（ＦＣＲ）」で表わされる。たとえば、家畜の体重を一キロ増やすのに餌が二キロ必要なら、ＦＣＲは二：一ってこと。去勢ウシの場合、この比率はだいたい一〇：一。ニワトリはおよそ二：一。これだけ差が開くのは体の構造が違うからだし、燃料源が異なるせいもある。ウシはおもに牧草（肥育場では穀物）を食べるのに対して、ブタとニワトリは人間と同じく雑食性。なので、トウモロコシのような穀物のほかに、加工した動物性タンパク質も摂取する。魚は肉食性が多いため、おもにほかの魚を獲物にしている。

ウシはこれだけの餌をもらいながら、なぜ少しの肉にしかならないの？　牛ヒレ肉が紛争ダイヤモンド並みに儲かるのはどうして？　そこにはいろいろな要因が絡んでいて、「入るものも多いけど出るものも多いから」なんていう単純な説明じゃ片づけられない。もっと大きい理由は、生物としてのウシの体の基本的な仕組み。それがブタともニワトリとも、魚とも虫ともひどく違っているからなの。

考えてもみて。ウシは草から肉がつくれちゃう。草は普通は消化できないものなわけだから、これはほかの家畜にはとうてい無理な芸当。その秘訣が、反芻《はんすう》動物ならではの消化器官。ウシの消化器官は植物に含まれるセルロースを分解できるようになっていて、それをタンパク質に変換している。

ウシがどれだけ違っているかっていうと、たとえばその舌。ほら、あの人間の二の腕くらいの太さがあるやつ（肉屋の店先で見たことがあるんじゃない？）。あれがまさしく腕のように動けるようになっている。草を巻きとり、口の中に引きこみながら大きな前歯に押しあてて噛みきって、口の後ろのほうに運ぶ。それを今度は臼歯《きゅうし》ですりつぶして、四つあるうちの第一胃に送る。

ウシの胃袋が四つあるって聞いて、人間の胃のようなものが四個つながっているのを思いうかべちゃいませんか？　実際はそうじゃなく、ひとつの巨大な袋だと考えてみて。人間の胃の容量は二リットル足らずなのに、この袋には二〇〇リットル近くも入る。ウシの場合、その大袋の中が四つの部屋に分かれているの。一番大きくて中心的な働きをするのが、「ルーメン」と呼ばれる第一胃。ここは世界でも有数の微生物密集地帯。なにしろ、ルーメン液一グラムあたり一〇〇億～五〇〇億個もの微生物がひしめいているんだから。

ルーメンにすみついたこの無数の微生物が、植物に含まれるセルロースを発酵させる。セルロースは繊維質なので、人間には消化できない。でも、人間の場合はこれが食物繊維となって、腸内にたまったものを押しだしながら外に出る（要は天然の便秘薬ね）。ウシのルーメンでは、微生物がセルラーゼという酵素をつくってセルロースを分解し、それを食べ、そこからタンパク質をつくり出す。そしてそのタンパク質をウシが吸収してハンバーガーに変える。だから、そう、いってみれば牛の肉はすべて微生物の体を通っているってわけ。いえいえ、なにも牛肉嫌いにさせようっていうわけじゃありません。どの肉が気持ち悪くてどの肉ならいいかって話になったら、はっきりいってどれもこれも同じくらい気持ち悪いんだから。

食肉用の家畜のなかで、これができるのはウシとヒツジだけ。おかげで、人間には食べられない草が、人間にも食べられる肉になる。それを思うと、微生物の働きには感謝しなくちゃね。ただ、草を肉に変える過程ではたくさんの資源が必要になるし、フンやガスというかたちで副産物も山ほど出る。ウシからあれほど多量のガスが生みだされるのは、なまじセルロースを消化できちゃうから。ルーメン微生物が植物繊維を分解すると、メタンが生じてしまうの。それをウシはゲップとして吐きだしているってわけ。

その量、一頭につき年間一〇〇キロあまり。ウシ全体で見たら一年で八〇〇〇万トン。メタンの温室効果は二酸化炭素の二〇倍なので、二酸化炭素に換算したら年間一六億トンにもなる。これってじつは、車から排出される量より三〇パーセント多い。地球温暖化への影響を考えると、ウシの存在は無視できないのがわかるでしょう。

こういう動物は、草や葉といった「安上がり」な燃料でも生きられるように進化している。その代わり、体のサイズや代謝の面ではハンデを背負うことに。プリウスはポルシェほどのスピードは出ないながらも、はるかに燃費がいいのはご存知のとおり。動物の場合もそれと似たようなもの。草みたいな植物は栄養価が低いので、量をたくさん摂らなく

ちゃいけない。おまけに、セルロースを利用するための厄介な処理装置も
も
って歩く必要がある。草なんていう低コストのものを食べてくれるんだからぜいたくはいうなって？　でもね、消化器官にもっと「高級」なものを与えてあげられるんなら（そしてそれに見合った器官だったら）、その肉をつくる効率をほんとはもっとアップできるの。

問題はこれだけじゃない。ウシの仕事は牧草を食《は》むこと。で、バランスが正しくとれている分にはその仕事を見事にやってのける。草を食べるといったって根っこは残すから、むしろ新芽の成長を促すし、そのフンは土の肥やしになる。だから、適度な範囲内であれば、草地の生態系にとってウシはありがたい存在。

ところがウシの数が多すぎるとどうなるか。まず草が過剰に食べられて土地が回復できなくなる。しかも、ヒヅメで地面が踏みかためられて、何も生えてこられなくなっちゃう。このせいで草地が砂漠化して、荒れた不毛の地になり果ててしまったら、救うのはとても難しい。私たちが何かを変えなければ、しかもすぐに手を打たなければ、そういう光景が人類の未来を待ちうけているのかもしれないわけ。

じゃあ、ブタはどうかって？　ブタはヒトとよく似た方法で肉をつくる。消化器官も人間に近いので、生物の授業でよく解剖されるほど。胃はひとつしかなく、人間と同じで雑食。だから昔から人間の食べ残しや野菜くずなんかを与えられてきた。近代的な農場では、トウモロコシ、オート麦、大豆、魚、骨、肉粉、乳製品副産物などを慎重に配合した飼料

を食べている（なかなか美味しそうじゃない？）。ブタのＦＣＲはだいたい四：一。これは、食物の質がウシより高いせいもある。ブタは反芻動物じゃないから、ウシみたいにじかに多量のメタンを吐きだしたりはしない。ただし、そのフンからは間違いなくかなりのメタンが出ている。

ニワトリも胃は一個で、消化器官はブタよりさらに単純。やはり雑食性なので、穀物や草や昆虫はもちろん、場合によっては小型の齧歯類《げっし》まで食べちゃう。そしてＦＣＲは二：一。歯がない分を補うために、ニワトリがどうしているか知ってる？　砂嚢《さのう》っていう袋にあらかじめ砂や小石を飲みこんでおいて、それを使って食べ物を「嚙む」、つまり細かくすりつぶすの。繊維質のものは盲腸に送られて、そこが小型版ルーメンといった感じで発酵を行なう。もっとも、反芻動物のものほど大きな発酵タンクじゃないから、セルロースを分解する力じゃウシとは雲泥の差。ニワトリもブタと同様にメタンを多量に生みだすことはないけれど、そのフンからはきっちりメタンが発生する。

ＦＣＲが二：一ならたいしたもんじゃないかって？　たしかにニワトリはすごい。ただ、ＦＣＲがそれだけ低くなるからには、何を食べているんですか、ってこと。この問題があるために、話が少しややこしくなってくる。

ニワトリって、いかにものどかなイメージだけど、じつはトウモロコシだけを食べているわけじゃない。普通はいろいろな副産物のごちゃまぜをもらっている。よくあるのはトウモロコシに、加工工場から出た大豆の皮。植物油の製造過程で生まれたいろいろな植物ゴミ。それからタンパク源やミネラル源として、食肉処理した動物のかけら。具体的には、魚粉、肉粉、骨粉、血粉、羽粉、そして「チキンミール」。最後のは要するにニワトリの死骸の粉。

残酷じゃないかって？　いえいえ、そうとばかりもいえないの。ニワトリは空腹だと共食いをすることがある。それに、飼育された状態で同じ檻《おり》の仲間が出血すると、興奮してそのニワトリをつつき殺しちゃうこともある。そのせいでこうむる損失がバカにならなくって、二〇世紀の初めには農家向けにニワトリ用の赤いメガネが売られていたほど。このメガネは、鼻の穴に棒を通してクチバシにのせるようにしてかけさせる。メガネをしていると、赤い血は見えなくなるけど餌の場所はわかるっていうのがミソ。動物虐待じゃないかってことで、その後はメガネの使用が禁止された。その代わり、今ではクチバシの先端を焼き切ることでこの問題に対処しているんだそう。

本来のニワトリは、日の当たる野原を歩きながら虫をついばんでタンパク質を摂る生き物。だから、とがったクチバシでイモ虫やナメクジや、ありとあらゆる美味しい虫をほんとはつつき刺して食べたい。けれどもそうはいかない場合に虫に代わるものとして配合されているのが、ごちゃまぜ飼料のなかの動物性タンパク質ってわけ。

じゃあ魚は？　養殖魚のなかでも人気の高いサケは、食肉のなかでＦＣＲが最も低いと養殖産業は胸を張る。条件がよければ一・二：一を記録することもあるんだとか。そうはいっても肉食動物なので、餌として与えられるのはおもに魚粉と魚油。それをどうやってつくるかっていえば、カタクチイワシやサバみたいな、人気は今ひとつだけど脂肪分の多い小魚をつかまえてすりつぶすの（ただでさえ個体数が減っているのにね）。つまりサケは、天然魚のタンパク質と脂肪を摂取して、それを養殖魚のタンパク質と脂肪に変えているってわけ。だったら、ウシとFCRを比較するのは気の毒というものよね。なんたってウシの餌は草なんだから。「サケってすごい！」って感心してみせなくて申し訳ないけれど、所詮はひとつの動物性タンパク質を別の動物性タンパク質に変換しているだけ。普通なら食べられない草原がハンバーガーに変身することに比べたら、はるかにつまらない。

天然サケのFCRはウシに近く、およそ一〇：一。これはおもに、小魚を追いかけまわすのにエネルギーがかかるせい。進んで食われてくれる獲物なんていませんから。

サケは正真正銘の肉食動物。だからほかの家畜と違って植物由来の炭水化物を利用することができない。代わりに、魚油などに含まれる脂質をエネルギーに変えている。健康にいいっていわれる、あのオメガ3脂肪酸で生きているってところ。人間と同じで、サケもオメガ3を体内でつくることはできないので、獲物の小魚からそれを手に入れる。小魚のほうはといえば、オキアミや微細藻からゲット。養殖サケの場合は餌の魚油からオメガ3を摂取していて、このために世界の魚油生産の五割がサケ養殖に消えている。

さて、ここでようやく虫の登場。

コオロギはニワトリと同じく雑食性で、基本的に手当たりしだいなんでも食べる（ほんとは手じゃないけどね）。コーンミール（ひきわりトウモロコシの粉）、生ゴミ、キャットフード。どれもコオロギには立派なごちそう。消化の仕組みはちょっぴりニワトリに似ている。砂嚢みたいに歯の役目をする消化器官があって、その硬くなった部分で食物をすりつぶすの。ごく小さな盲腸もついていて、そこで発酵を行なっている。

でも何よりコオロギのすごいところは、ウシのルーメン微生物みたいに酵素のセルラーゼをもっていること。だからセルロースをしっかり分解できちゃう。コオロギだけじゃなく、同じような無脊椎動物はほかにもたくさんいる（もちろんシロアリもそのひとつ）。わりと最近まで、セルラーゼを生産できるのは植物や細菌、カビやキノコくらいだと思われていた。ところが、昆虫のいろいろな種類でも口内と腸内からセルラーゼが見つかったの。微生物に分泌してもらうんじゃなく、自力でこの酵素をつくれるのは無脊椎動物だけ。なんでそんなふうに進化したのかはわからないけれど、それが植物を消化する助けになっているのは間違いない。

いうまでもないけど、ほかの食肉家畜と比べてコオロギのＦＣＲはかなり低く、養殖魚とニワトリのあいだをとって約一・五：一。しかも、この数字を植物中心の餌から叩きだしているところに注目してほしいの。現にコオロギは、食べるものがほぼトウモロコシだけだってちゃんと成長して子孫を残せる。

コオロギにしろミールワーム（ゴミムシダマシの幼虫）にしろ、あるいはバッタにしろ、捨てるところなんてほとんどない。魚やニワトリ、ブタやウシは解体処理をしてから市場に出るので、最終的に食用となる体積は初めと比べてぐっと減る。それにひきかえ虫の場合、普通は骨や内臓を抜かなくていいし、羽をむしる必要もなければ、さばいて肉を取りだす手間もいらない。カキと同じでたいていは丸ごと口に。しかも、骨や角、毛皮や羽といった、人間が見向きもしない部位をつくることにせっせとエネルギーをつぎ込んだりもしない。ほかの動物じゃ全体重の七五パーセントもが廃棄されることがあるのに、虫のほとんどはその七五パーセントを食べることができるの。

コオロギのFCRが低いのにはもうひとつ理由が。コオロギなどの昆虫は、ほかの一般的な家畜動物と違って冷血動物だってこと。つまり、ウシ、ブタ、ニワトリが体温を保つために燃やしているエネルギーを、コオロギは体づくりや子づくりにじかにふり向けることができる。反面、変温動物なので、一定の気温のもとで育てないと短期間では増やせないのが玉にきず。なので、暖かい環境で飼育するか、人工的に最適な温度を保ってやらないといけない。もっとも、暖房に太陽熱を利用すれば、恒温動物の家畜を養うために大量の作物を栽培するよりずっと環境に優しい。太陽のエネルギーは無限だけれど、土地の面積には限りがありますからね。

家畜を飼うのに必要な空間や水の量にしても、あるいは飼育に伴う残酷な扱いといった点にしても、肉をつくるために かかる紛れもないコスト。なのに、それがかならずしもFCRのような数値や、スーパーの値札に直接反映されているわけじゃない。マクインパクトで食事でもしない限り、実感するのは難しい。

一頭のウシが必要とする土地は八〇〇〇〜一万二〇〇〇平方メートル程度。氷に覆われた地域を除くと、地表の三分の一近くがウシの飼育に使われている。すでに相当な面積なのに、それはどんどん増えるばかり。まるで巨大なウシが大きな口で熱帯雨林をかじり取っているみたいなもの。アマゾン川流域では、かつて森林だった土地の七割が今では牧草地に変わり、残りもかなりの部分が飼料の栽培に回されている。それに、植物のセルロースを分解するときに出るメタンは温室効果ガス。森林は私たちの肺とは逆に、二酸化炭素を吸って酸素を吐きだしてくれている。つまり、森林が失われると、余分な二酸化炭素を処理するための地球のメカニズムも壊れるってこと。森林が伐採されて、ウシだけじゃなく大豆やトウモロコシのための土地がどんどん広がっていったら、地球の肺は衰える一方。それがどれだけまずいことかは、肺が真っ黒になった禁煙広告を見ればよくわかるよね？

牛肉産業の拡大につれて、私たちは地球の肺の健康を奪っているだけでなく、温室効果ガスをさらに増やしてもいる。私の好きなコメディアンのジョークじゃないけど、まさに

「イエスが左の頬も向けたらボコボコに殴られた」状態。私たちが環境をボコボコに殴っているせいで、地球は人間の活動による影響を相殺しきれなくなっている。おまけに車や工場からの排気ガスも加わるわけだから、地球は枕を押しあてられて窒息しかけているようなもの。

これだけだと思ったら大間違い。森林が破壊されれば、生物の多様性は大幅に失われる。でも、熱帯雨林の風変わりな植物からは、薬として使える強力な物質がこれまで何度も発見されてきた。すでに私たちは、ビッグマックのためにがんの特効薬を犠牲にしているんじゃないの？　命より食欲が大事？　私たちはなんのために食べるんだろう。生きるため？　それともすべてを……殺すため？

これだけ読んでもまだ虫を試してみる気が起きない？　じゃあ、虫がどれだけ素晴らしいかをもう少し説明しましょうか。

たとえば一年間に産む子の数を比べると、ウシなら一頭、ブタなら二五〜三〇匹、ニワトリは卵三〇〇個。サケの場合は養殖だとしても生まれる数にかなりバラツキがあるので、ここでは陸上の動物だけに絞っておきます。

かたやコオロギは、寿命が尽きる三か月のあいだに一〇〇個程度の卵を産む。その半分がメスだと考えて、それぞれが一〇〇個ずつ産卵したとすると、三か月後にはメスのコオロギが二五〇〇匹。一年後にはなんと三億一二五〇万匹。コオロギ一〇〇〇匹で四五〇グラムくらいだとして、一年間には約一四二トン。この重さはだいたいウシ三〇〇頭あまりに相当する。生きのこるコオロギが全体の一割だとしても、ウシ三〇頭分より多い。

しかも、養殖向きの虫はほかの家畜みたいに場所を取らず、養殖魚と比べても狭いスペースで済む。ウシなら草を食む土地がいるし、ニワトリやブタにも動きまわって餌を食べる空間が必要。魚を養殖するには海の一部を囲うか、水槽の水を絶えずきれいにしながら飼わなくちゃいけない（前者の場合は逃げだすリスクがあるし、天然の魚と交雑して遺伝子を汚染するおそれもある）。それにひきかえ、コオロギやミールワームのような虫は小さな箱があればいいの。

コオロギは翅《はね》をもっているといっても、飛ぶためにそれを使うことはめったにない。歩きまわって食べて交尾することにエネルギーのほとんどをふり向けている。人間も森でシカを追うよりは、町に暮らして車で買い物に行く人のほうが断然多いでしょう？　コオロギも同じ。仲間と一緒にひしめき合っていたって、食べ物さえあれば問題なし。古い小麦粉の袋を開けたときに、ミールワームがうごめいているのを見たことはない？　それくらいだから、暗くて狭い場所に閉じこめられてもご機嫌そのものってわけ。

二〇一一年、『ニューヨーカー』誌に「昆虫食は地球を救う」と題した記事が載り、そこにはこう記されていた。「昆虫の養殖には残酷さがない。虫は群がるのが好きであり、混みあった汚い場所でも元気に成長する」。この記者は「汚い」なんていっているけど、虫にとってはそれが多産をもたらす素敵な環境になれるの。

人間が暮らせるような場所なら、ほとんどどこでも虫を大規模に飼育できる。農場はもちろん、大都会のビルの中だっていい。たいていの家畜と違って縦方向に積みかさねて飼うことができるし、都市を遠く離れる必要もない。当然、輸送時間やガソリンの節約にもなる。小さい規模でもよければ家の中でだってオーケー。これぞ究極の地産地消では？

地球がこれほど悲惨な状況に陥っていなければ、超高層ビルの虫農場のことなんて考えるまでもないのでしょう。たしかに、すぐにそれが実現しそうな気配はまだないかもしれないない。でも、私たちはたった一個の氷山にしがみついているようなもの。そして、厳しい波が打ちつけるたびにその氷はどんどん小さくなっている。

国連の予測によれば、世界の人口は二〇五〇年までに九〇億人を突破するとか。今からわずか三十数年先のこと。この爆発的な増加に追いつくためには、これからの数十年で食料を七〇パーセント増産しなければならず、それは過去一万年のあいだに生産された食料よりも多い。しかも、森林を十分に残して、地球の生命維持装置が外れないようにもしなくちゃいけない。その両方をなし遂げるにはどうすればいい？

この数十年間をふり返ると、ほぼ一二年ごとに約一〇億の人々がこの惑星に新たに加わってきた。現在では世界全体でおよそ一〇億人が飢餓の状態にある。ということは、ざっと地球上の七人にひとりは、人間らしく暮らせる最低限のカロリーすら得られていない。健康に成長して経済的に豊かになるなんて夢のまた夢。ここからさらに二〇億人増えても、その割合が減るわけじゃない。むしろ九人中三人が、つまり三人にひとりが、悲惨な飢えに苦しむことになると見られている。

一九六〇年代から七〇年代にかけての時代、食料問題が初めてその恐ろしい頭をもたげたころ、先進国の農業界は「緑の革命」で迎えうった。よりよい農法を導入し、肥料の使用量を増やし、害虫駆除のやり方を改善することで、世界的な食料の増産を図ったってわけ。けれども、こうした作戦はすでに行きづまってしまったのでは？　化学肥料や殺虫剤をまき散らし、度を越した灌漑《かんがい》を行なったために、結局は環境に大きな代償を負わせてしまった。

土壌は疲弊し、海や川は汚染されている。流れこむ肥料を餌にして藻が異常発生し、浅瀬や湖や川を覆いつくす。そして日光をさえぎり、酸素を奪って固有生物の息の根を止める。農地からは養分が失われ、代わりに工場で製造されたサプリメントを補われて、それはけっこう石油由来の製品だったり。家畜の排泄物は発酵槽にためられて入念に密封されているものの、そこから少しでも漏れたら地域の飲み水は一巻の終わり。熱帯雨林は伐採されて牧草地や大豆畑に。その大豆は化学肥料で育てられ、肥育のためにウシに食べさせて市場に送る。地球は肺の気管支を引きはがされ、文明が生んだ飽和脂肪で血管が詰まり、貪欲な七〇億の吸血鬼に吸われて肉が干からびてしまった。

「スローフード」とか「地産地消」といった、高尚な思想にもとづく運動があるにはある。でも、増えつづける人口に十分なタンパク質を供給しようと思ったら、現時点では工業型農業をよりいっそう進めるしかないの。つまり、リスクを承知で工場式の農場経営を増やして、今より狭いスペースにより多くの家畜を詰めこむってこと。ウシにしろブタにしろ、新鮮な空気と空間を必要とする動物なんだからありがたい話じゃない。けれど、そんな状況でもたいていの虫はへっちゃら。ぎゅうぎゅう詰めだろうが、真っ暗だろうが、押しあいへしあいだろうが、まとめてかかってこい！

私たちはすでに手持ちのカードを使いはたし、残された選択肢も少なくなりつつある。今こそ地に足のついたアイデアが必要なんじゃない？　足なら、昆虫には六本もありますけど？

第2章 ヒトは虫を食べて進化した

「げっ、虫だって！」

後ろで男の大声がした。「ドン・ブギート」のブースに掲げられたチョーク書きのメニューを見ちゃったらしい。ここは、さまざまなストリートフードが一堂に会するイベント「オフ・ザ・グリッド」の会場。ドン・ブギート社は、ストリートフードとしてはアメリカで初めての昆虫グルメを提供している。

このイベントのために、ビニールで囲った屋台やフードトラックがフォートメイソン・センターに集結した。かたわらのサンフランシスコ・マリーナでは、係留されたボートがきしんだ音を立てながら、まるで息をするように波につれて上下している。一〇月のとある金曜日、時刻はまもなく午後一〇時。同様のイベントは今年はこれが最後で、それももうすぐお開きになろうとしている。空は黒く、空気は冷たい。この世界有数の型破りなフードコートはさまざまな場所で開催され、いつも食い道楽たちが押しよせる。そして、トラックに取りつけられたテレビでスポーツを観戦しながら、ビールを飲んだり、料理を分けあって舌鼓を打ったり。でも、それも今日でおしまい。次のオフ・ザ・グリッドは来年の三月までない。

私はふり向き、手にもっていた「イモ虫タコス」の中からカリカリしたハチミツガの幼虫を一匹つまんで勧めてみる。男性は興味津々で受けとると、口に放りこんだ。

「あ、案外イケる」。けれど、一緒にいたガールフレンドは顔をしかめ、私が虫を差しだすとあとずさりした。そのまま呆れ顔でにらみつけながら男性を引っぱっていく。あらあら、お気に召さなかったみたい。あの彼氏は今晩何か食べさせてもらっているのかしらね。ちょっぴり気の毒。

ドン・ブギートのブースでは、モニカ・マルティネスとスタッフが在庫処分のために大安売りをしている。とくにメキシコシティ風のトウモロコシを売りきってしまいたいといって、モニカは鍋の温度計に何度も目をやった。鍋の中では、お湯に砂糖を加えてトウモロコシをグツグツゆでている。虫なら冷蔵庫に入れておけば二〜三週間はもつから、別の仕事で使えばいい。でもトウモロコシはそうはいかない。

「食べ物を無駄にするのは大嫌い」とモニカ。

破格の安値に引かれて、ラテンアメリカ系の家族がテイクアウト用にトウモロコシを何本か注文した。スタッフのひとりが手早く用意を始める。ハケでマヨネーズを塗り、コテハチーズの中で転がし、チリパウダーを振ってレモンを搾ったらできあがり。

「丁寧に、丁寧《コン・アモール》にね」と、モニカがなだめるような手つきをしながらスタッフを諭《さと》す。まるで先生が生徒に教えているみたいに。スタッフは微笑み、背筋をしゃんと伸ばしてから、もっとゆったりとした巧みな手つきでチリパウダーを振りかけた。それからトウモロコシをアルミホイルに包み、待ちきれない様子の家族に手渡す。たぶん一家にとっては最後にメキシコで食べて以来なんでしょうね。

「メキシコじゃみんなこのトウモロコシが大好きなんですよ」とモニカが教えてくれた。「前にイギリスのフード・ネットワーク〔訳注　食をテーマとする専門テレビ局〕が取材に来たんですけど、質問するのはトウモロコシのことばっかり。『虫なんかどうでもいい』って感じでね」

この状況で虫を無視するのは相当に難しかったはず。カラフルなソーダの瓶（これも売れ筋商品）がずらりと並ぶ横には、この店のメイン商品がふたつドンと置かれて、いやでも目を引く。なにしろどちらの料理も虫まみれ。ひとつはイモ虫タコス。紫色のタコス生地に、チーズ、アボカド、コリアンダーを敷き、素揚げした幼虫でたっぷりと覆って、緑色のチリソースと赤タマネギのピクルスをトッピングしてある。もうひとつは「トスターダ・デ・グリジョス」。パリッと硬いトルティーヤにワカモレ〔訳注　アボカドをつぶしてトマト、タマネギ、薬味を加えたペースト〕とサワークリームをのせ、炒ったコオロギと松の実を散らしている。

どちらもウソ偽りなく、ひいき目なしに美味しい。イモ虫タコスのほうは、ポーク・クラックリング〔訳注　オーブンでカリカリに焼いた豚肉の皮〕に似ているって何人かの客が口をそろえた。コオロギのほうは、とくに松の実と一緒に口に入れると、まるで中身が空洞のピスタチオナッツかアーモンドみたい。

ドン・ブギートはもともとアート・プロジェクトとしてスタートした。モニカは全米一の美大を卒業しただけあって、手掛ける仕事にはその芸術的センスが光っている。ミールワームの飼育箱を、機能美あふれるバウハウス風にデザインしたこと。この屋台は「ドン・ブギート・プリヒスパニック・スナッケリア」というのが正式な名前で、虫を使ったメキシコ先住民風の料理が売り。モニカは、芸術家である夫のフィル・ロスと一緒に、高級な虫ディナーのケータリングサービスも行なっている。

さまざまなイベントでモニカがつくる料理には古代と現代の美食が融合していて、しかも独特の美意識が表現されている。一例として、カリフォルニア州サウサリートで先日開かれた夕食会のメニューをご紹介しましょうか。まず焦がしバターを使って、パシーヤ・トウガラシとメキシカン・ズッキーニをエスカモーレ（アリの卵）と一緒に炒め、アボカドをトッピングして、手づくりのブルーコーン・トルティーヤで巻いたもの。それから、カリカリに焼いたワックスワームとスパイシーなトマトソースを、柔らかいコーン・プディングにかけたもの。さらには、ローストしたコオロギ、ヒカマ（クズイモ）、サツマイモ、炒ったカボチャの種を、カボチャとライムのドレッシングで和え、カボチャチップスを上にあしらったアステカ風サラダ。デザートには、キャラメリゼしたミールワームをバニラアイスにのせ、アレグリア〔訳注　雑穀の一種アマランサスを炒って黒砂糖やハチミツで固めたお菓子〕を散らして、鮮やかなピンク色のウチワサボテン・シロップを垂らしたもの。

どれもまさしく「食べる芸術」。その誘惑にあらがうのは難しい。しかも、それを味わうこと自体が歴史の勉強にもなるのが素敵。なぜって？　使われている材料のほぼすべてが先スペイン期の初期にさかのぼるものだから。自分たちの食文化に固有の食材だとばかり思っていたら、じつはメキシコなどの中南米生まれでした、っていう例は意外と多いの。たとえばバニラ、トウモロコシ、カボチャ、カボチャの種、トウガラシ、アボカド、トマト。ジャガイモだってそう。気づいていないだけで、世界中で大勢の人が毎日「メキシコ料理」を口にしているみたいなもの。

バニラもチョコレートも、もとはアステカ人が利用しはじめた。バニラは原産地にすむハリナシバチを介さないと受粉ができないので、本物は希少価値が高い。食品や香水なんかには合成バニラがごく普通に使われているけれど、本物はとっても高価。それを上回るのはサフランしかない。

カボチャ、マメ、トウモロコシは一緒の場所で栽培される。そうすると互いに助けあうからで、だから三つ合わせて「三人姉妹」なんて呼ばれている。どういうことかっていうと、トウモロコシの茎をマメがよじ登り、マメは土壌に窒素を与え、カボチャは土を覆って日光をさえぎることで雑草の繁殖を防ぐっていう関係。それに、栄養の面で見ると、トウモロコシにはアミノ酸のリシンとトリプトファンが欠けているのだけれど、マメでそれを補えばどんなタンパク質でもつくれちゃう。カボチャの種には脂質とタンパク質が、果肉にはビタミンA、C、Eが含まれている。

トウガラシは辛味で食欲を刺激するだけじゃなく、ビタミン源にもなるってしってた？　そのトウガラシを意味する「チリ（chili）」っていう言葉は、アステカ帝国を築いたナワ族が話すナワトル語の「chilli」からきているの。

ウチワサボテンはメキシコの国章にも描かれていて、その果実は現地で「トゥナ」と呼ばれて食用にされている。このフルーツのことを初めてヨーロッパに知らせたのは、とあるスペインの役人。一五二六年に次のように報告している。「これを食すと尿が赤くなって大いなる恐怖を呼びおこすことから、新参者への悪戯《いたずら》として用いられている」

トマトもコロンブス到来前から食べられていて、その起源は紀元前五〇〇年ごろにまでさかのぼるとか。イタリアに伝わるのはそれからほぼ二〇〇〇年後。アステカ帝国の首都テノチティトランがスペイン人に征服されたあとのこと。イタリアに伝来してからも長いあいだ観賞用とされていて〔訳注　有毒植物のベラドンナに似ていることから毒があると信じられていたため〕、その後ようやく料理に取りいれられた。

ジャガイモはさらに古く、紀元前五〇〇〇年ごろにはすでに栽培されていたんだそう。インカ帝国を征服したスペイン人がジャガイモをヨーロッパにもち帰ると、すぐに欠くことのできない食料になった。一九世紀半ばのアイルランドでは、ジャガイモの病気が広がって「ジャガイモ飢饉《ききん》」が起きている。これは、収穫量の多い品種ばかりが植えられて、遺伝子の多様性が低かったせい。原産地のアンデス地方ではさまざまな品種が育てられていて、ペルーだけでも三五〇〇種類以上を数える。

こんなふうに、中南米原産のたくさんの食べ物がここ数百年で世界中に普及した。だったら、同じ流れで虫食も世界に広がっていっていいんじゃない?

そんなことを考えながら食べている客は、たぶん私くらいなものね。歴史なんて知らなくったって十分に美味しいわけだし。

目を奪う料理とは対照的にモニカ自身は控えめで、いたって飾り気がない。派手さを抑えたセンスのいい服と真っ黒な髪が、アステカの面影を残す美しさを引きたてている。物言いはそっけないほどに単刀直入。誰もがそうであるように、モニカもまたなんとかこの世で身を立てようと頑張っている。ただ、選んだ道が一風変わっていた。

頭の中でゴングが鳴り、みんなが一斉に店じまいを始める。残った食べ物はスタッフで分けたり、近くの店の人にあげたりしている。モニカは、隣の「ベリー・バーガー」で働くキースにワックスワーム・タコスを手渡した。

「へえ、これがミールワーム？」キースはタコスを指差す。モニカはその夜何度も口にした言葉をまたくり返し、それはワックスワームと呼ばれるハチミツガの幼虫だと正した。シャツにあいた穴を指でいじりながら、キースは驚く。「ガって、あのガ？」

私たちは笑った。「そういうんじゃないの。ハチミツガの幼虫はハチの巣にすんでいるのよ」

どうせ虫は虫だといいたげにキースは肩をすくめる。そして、ベリー・バーガーのスタッフからの視線を浴びながら、タコスに大きくかぶりついた。

「あ、意外とうまい」

「どんな味？」私は人が味をどう表現するかをメモ帳に書きためていたので、答えを迫った。

「ポン菓子みたい」

「ほんと？」それを聞いて飛んできたのがキースの同僚のオーレリア。金髪をドレッドにして、タトゥーを入れている。「私も食べてみたい」

キースは幼虫を一匹つまんで渡す。オーレリアはタトゥー入りの指で受けとって、口に放りこんだ。

「わ、めちゃくちゃ美味しい！　こんなの、全部食べちゃうよ」。もう一匹くれと催促する。そのあと、友人でバーテンダーのティナを探して連れてくると、モニカのイモ虫タコスを注文させた。

「すごい、ミールワームってバカうま！」ティナは叫んだ。

キースとオーレリアが声をそろえて訂正する。「ワックスワームね」

ティナは自分のブースに戻って、ベリー・バーガーのスタッフに「ほら、人生一度きりだよ！」といって勧めた。スタッフもすぐさま頬張る。

この若者たちは、屋台によくいるたぐいの店員とは違う。みんな料理関係のカレッジを出ていて、普段はサンフランシスコでも指折りのレストランやバーで働いている。ときおりオフ・ザ・グリッドのような人気のイベントで、少し小遣い稼ぎをしているだけ。

ところが、そんな街の流行に通じた人たちでも、モニカがやっているようなことをほとんど見たことがない。モニカは歴史ある食べ物を使って、食に新たな旋風をまき起こそうとしている。


たぶん読者の皆さんも「パレオダイエット」というのが流行《はや》っているって聞いたことがあるんじゃない？　ほら、旧石器時代の原始人食が体にいいっていう食事法のこと。最初に流行したのはずいぶん前なんだけれど、最近ではローレン・コーディン博士のベストセラー『パレオダイエット』で再び人気に火がついた。考え方はいたって単純。「原始時代の祖先が食べていたはずのないものは、私たちも口にするべからず」。「原始人のようだ」っていうのがほめ言葉になるのは、このときくらいなものかもね。

理屈はこう。人間の祖先は狩猟採集民だった。寿命こそ長くはなかったものの、現代人より健康といえる面をいくつももっていて、この点については考古学の研究からも裏づけられている。背は私たちよりずっと高く、男性の平均身長はおよそ一九五センチ。骨は丈夫で重く、免疫力も高く、引きしまった体は頑丈で体力があった。なぜ元気いっぱいだったのかっていえば、ひとつには体を動かす活動が今より多かったから。そしてもうひとつ重要なのが、加工していない自然の食物をたっぷり摂取していたこと。たとえば野生の鳥獣肉、草や葉や果実、木の実などに含まれる良質の脂肪。

コーディン博士によれば、農業革命が起きるまで二五〇万年ものあいだ、人類の祖先はこのパレオダイエットを続けていた。農業が普及してから現代まではおよそ一万年。これはたかだか三三三世代で、それに先立つ数百万年に比べたらほんの一瞬だと博士は指摘する。だから狩猟採集民としての食生活のほうが、ここ数千年の食習慣よりも私たちのDNAに深く刻まれていて、そこに消えない跡を残しているんだ、って。私もだいたい同じ意見。でも、人間が本来何を食べるべきかを考えるんなら、二五〇万年よりもっと前にさかのぼったほうがいいんじゃないかな。知ってた？　本物のパレオダイエットには虫が含まれていたってこと。しかもどっさり。

五〇〇〇万年ほど前、現代人の設計図になるものを初めて遺伝子に宿したのは、今のメガネザルにそっくりな生き物だった。この世界最古の霊長類は小さくて毛むくじゃら。つぶらな瞳に長いしっぽをもつ。すでに親指はほかの指と向きあっていたし、大きな目は顔の横じゃなくて正面についていた。どちらも、のちに私たちが生物として繁栄するうえで欠くことのできない特徴。

で、何を食べていたと思う？

そう、大当たり。このメガネザルもどきは食虫動物だったの。「食虫」っていっても、葉っぱやフルーツのディナーにときどき虫も添えてみました、なんて生易しいもんじゃありません。虫が食生活の中心だった。このキュートな祖先は、いろいろな虫をのべつまくなしに食べていたってわけ。まだピンとこない人のために、もう一度いっておきますよ。私たちの最も古い祖先は、木の上にすむ毛の生えた可愛らしいやつで、目についた虫という虫を腹に詰めこむのが大好きだった。この祖先たちにとっては、『インディ・ジョーンズ／魔宮の伝説』に出てくる「虫だらけの洞窟」こそがエデンの園だったんでしょうね。「哺乳類《ほにゅうるい》が初めて登場してから五〇〇〇万年前まで、つまり哺乳類が生きてきた全期間の四分の三にあたる一億五〇〇〇万年のあいだ、私たちの祖先はおもに昆虫を食べていた」と、研究者のS・ボイド・イートンとドロシー・A・ネルソンは「進化の視点から見たカルシウム」と題した論文のなかで書いている。「遺伝子は時間をかけて少しずつ進化するため、これだけ長いあいだ昆虫食に適応していれば、私たちの遺伝的遺産に大きく影響したと考えられる。したがって、現代人に必要な栄養素群がどのようにして形成されたのかを理解するには、昆虫の栄養学的特徴に目を向けることが重要である」

この人類以前の食習慣はもう残っていないのかって？　大丈夫。ブッシュベイビーみたいに、その流れをくむ小型哺乳類はまだちゃんと暮らしていて、今でも簡単に観察できる。どうやら体の小さな霊長類にとっては、虫こそが地球レストラン最高のメニューらしい。私たちだって今もそれくらいのサイズだったら、たぶんせっせと虫を口に運んでいるはず。

ところが、理由はよくわからないものの、人間は体も脳も大きくなった。それにつれて、毎日必要な栄養を虫だけで摂るのはだんだん難しくなっていった。だから虫自体が悪かったわけじゃないの。私たちのほうが十分な量を見つけられなくなっただけ。だから仕方なく手を広げることになった。すぐに物陰に隠れちゃうような相手じゃなく、カロリー源としてもっと当てになるものを探さないと。そこで目をつけたのが植物。なんたって走って逃げたりしないのがいいでしょう？

こんなふうに、生まれながらにいろいろな食物に適応できるのが霊長類のすごいところ。それが雑食性というもの。食べ物のえり好みをしないように進化したおかげで、人類は今まで生きのびることができた。

周囲にある栄養源をうまく利用できるようにするため、私たちはいろいろなやり方で内側や外側を改造した。ある霊長類は内臓に細菌をすまわせてセルロースを消化できるようにし、草食動物のように葉っぱからでもタンパク質などの栄養素を摂れるようになった。別の霊長類はしっぽを長くして木の上に移り、果実を主食とするようになった。じゃあ、のちの人類につながる霊長類はどうしたのかって？　サバンナに出ていったの。そこでなら自分たちの獲物も天敵も両方見渡すことができるし、栄養を補う植物性の食べ物もたくさん手に入る。

ところが、どの霊長類もけっしてやめなかったのが虫。少なくとも、機会があればかならず食べた。キツネザルをはじめチンパンジーやゴリラ、さらにはヒト科の祖先やヒト科動物やネアンデルタール人、そして最終的に人類に至るまで、長い時を超えて霊長類をつないできたものは虫への食欲だったたってわけ。

その大きな理由は、葉っぱや果実や花などに比べて食物としての質がはるかに高いから。木の実にだって負けない。虫も動物なので、専門用語でいうと「第二栄養段階」の食料源にあたる。何かというと、すでに植物（これが第一栄養段階）を食べて、そこから得た栄養分を濃縮して体に蓄えているってこと。たとえばタンパク質や鉄、それからカルシウム。どれも霊長類がすくすくと成長するのに欠かせない。何よりありがたいのは、虫が不飽和の長鎖必須脂肪酸を与えてくれるところ。これも霊長類の健康を維持してくれる。

もちろんこうした栄養素は植物にも含まれている。でも、植物だけですべてをまかなおうと思ったら、とんでもない量を食べなくちゃいけない。その点、虫はコンパクトにまとまった素敵な食べ物だから、これを栄養源にすれば霊長類の暮らしはうんと楽になる。栄養はお金と同じだって考えてみて。葉っぱが一ドル札で、果実が五ドル、木の実が一〇ドルだとすると、昆虫などの動物の肉は新品の五〇ドル札。植物より栄養素が濃縮されているだけじゃなく、その栄養が使いやすいかたちになっていることも多い。なので、体に取りこんで利用する際にも手間が少なくて済むの。

こういう話をすると、決まってこんな質問が。「そもそもどうして動物の肉を口にするの？」「植物をたくさん食べれば済むことじゃないの？」とくに食いさがってくるのが、動物性食品をいっさい摂らない完全菜食主義者《ヴィーガン》たち。そして口々にこう訴える。完全菜食でも元気に暮らしている霊長類はたくさんいるじゃないか。肉などには見向きもしないか、「取るに足りない」量しか口にしないじゃないか、って。でもね、草食とされていて、消化器官がヒトと似ている霊長類でも、チャンスがあればたいてい虫に飛びつくことが最近の研究からわかっているんです。イモ虫が一斉に出てきたり、アリのコロニーが移動したり、イナゴの大群が現われたりする季節にはとくにそう。

完全菜食主義を貫いている人をバカにする気はこれっぽっちもないけれど、私は賛成する気になれないな。たしかに美しい理念だとは思うし、地球の仲間たちに敬意を払って、それを守っていくっていう目的も立派。食生活にもっと果物や野菜を取りいれるのが悪いことであるはずがない。それに、家畜への残酷な扱いや、霊長類のいとこたちの食事が注目されるようになったのも、ヴィーガンのおかげ。

でも、結局のところはそれだけのものでは？　つまり単なる理念だってこと。完全菜食主義が「正しい」っていう証拠は、歴史的に見ても、体の構造からいっても、考古学の研究からも存在しない。かりにヒトがヴィーガンになるようにつくられているんだとしても、実際には一度もそうだったことがないみたいだし。

本当かって？　じゃあ、ここで少し完全菜食主義の理念を検証してみましょうか。

ヴィーガンたちが長らく拠り所としてきたのは、遺伝子が一パーセントほどしか違わないチンパンジーがそういう食生活だから、っていうもの。たしかにチンパンジーはほぼ植物性の食物しか食べていないと長いあいだ考えられていたから、この言い分にも一理あった。ところが、実際にはチンパンジーも夢中で虫を頬張ったり、小型のサルを仕留めたりすることもあるとわかったの。

チンパンジーがアウトになって、次に白羽の矢が立ったのはゴリラ。ゴリラも、チンパンジーほどじゃないにせよヒトの遺伝子との差異が少ない。なのに見て！　あんなにデカい！　あれだけの巨体を植物だけで養えるんなら、平均七〇キロにも満たないひ弱な人間にできないはずはないんじゃない？

残念ながらこれもアウト。まず一九六〇年代以降に行なわれた研究から、ローランドゴリラも手に入れば昆虫を食べることが確められた。けっして葉っぱと果物だけで生きているわけじゃないの。ローランドゴリラとして世界一有名で、一〇〇〇種類以上の手話を解する「ココ」も、定期的に動物性タンパク質を与えられている。

じゃあマウンテンゴリラは？　寒い高地で暮らし、葉っぱを主食にして、体重は数百キロにもなる。マウンテンゴリラにできるんなら、私たちだって少し訓練すれば、そして必死に信じこめば、きっと可能なはず。

　そうね、できるかもしれない。ただし、人間がゴリラ並みの消化能力（プラスのべつまくなしに食べていられる自由なスケジュール）に恵まれているんならの話。体のサイズに対して消化器官がどれくらい大きいかを霊長類の種類ごとに比べてみると、ゴリラの胃と大腸がどれだけ巨大かがよくわかる。

　マウンテンゴリラの体は、その特大の消化器官を収めなくちゃいけない。なにしろゴリラの胃と大腸のサイズは人間の二倍。ニワトリが先か卵が先かじゃないけれど、ゴリラが巨体なのはその食生活の結果でもあり、原因でもある。体が大きくないとそれだけの消化器官が入らないし、その消化器官がなければ必要な栄養素を取りこめない。ウシのルーメン（第一胃）の話を覚えている？　ゴリラの消化器官も同じ役割を果たしていて、だからそれをしまっておくために太い胴体がいるってわけ。

　マウンテンゴリラは大きな胃袋に一日中ものを詰めこんでいる。おもに葉っぱで、その量は一日一八キロほど。ほかにも果実や花、そしてその近くでたまたま見つかった昆虫や幼虫も食料にする。飼育されている場合はどうかっていうと、この昆虫の代わりに肉を少し与えないとゴリラは弱ってしまう。そうはいっても、やっぱり主食は葉っぱで、摂取カロリー全体の八五パーセントを占める。葉は巨大な大腸に送られ、そこでウシの場合と同じように特殊な細菌にセルロースが分解されて、必要な栄養素が取りだされる。要するに、ゴリラと人間じゃ消化能力が圧倒的に違うわけ。植物から吸収できるカロリーや栄養の量がゴリラは格段に多いから、私たちがどんなに頑張っても歯が立ちっこないの。

それに葉っぱはたくさん手に入るし、どこかに逃げていったりもしない。だから、たいした手間をかけずに集められる。ゴリラには余計なエネルギーを費やしている暇がないので、これは大事なポイント。ゴリラが穏やかに見えるのは、体の仕組みのせいでそうするしかないってだけのこと。ガツガツとあれこれ活動して、カロリーを無駄遣いしている場合じゃないの。つまり、植物だらけの場所で、一定のエネルギーしか消費しないようにして初めて、ああいった暮らし方が成りたつ。質の低い食物をひたすら大量に食べ（あのお札の話を思いだして）、それを特殊な仕掛けで消化し、あんまり動きまわらないようにしてエネルギーを温存する。それがゴリラの素敵な一日。

私たちがゴリラみたいに生きようと思ったら、「ときどき短い休憩をとって食事をする」じゃ間に合わず、「食べる合間にときどき短い休憩をとってほかのことをする」になる。夜は一三時間くらい眠って、日中も何度かお昼寝タイム。ベジタリアンに人気のウェブサイト「サーティ・バナナズ・ア・デイ（毎日バナナ三〇本）」の主宰者はまさにそんな感じ。毎晩の睡眠時間は一一～一二時間だとかで、しかもそれを悪びれるふうもない。いっておくけど私だってよく寝るほうだし、よく休みますよ（自己実現とやらのためにしゃかりきになるより、ぼーっとする時間が欲しいクチ）。でも、さすがにそこまではできません。

　ゴリラのように生活してゴリラのように食べていたらほかのことには手が回らず、仕事はもちろん趣味をもつのもままならない。幸いゴリラにはどっちも必要ないからそういう暮らしができる。そんなゴリラでも、アリの大群が現われたりしたらもう大変。夢中でそれを平らげちゃう。ベジタリアンとして崇められる姿はどこへやら。でも許してあげて、ゴリラにとってもアリはすごく質の高い食料なの。

　原始時代のヒトが何を食べていたのかを知る手がかりが欲しいなら、遺伝子じゃなくて消化器官を比べたほうがいいと指摘する霊長類学者がいる。そういう視点でいくと、人間に一番近い霊長類は何を隠そうサバンナヒヒ。

　ヒヒ？　なんでヒヒが出てきたの？　っていぶかしく思うかもしれないけれど、もう少しご辛抱を。食生活の面で人間と比較するなら、サバンナヒヒが一番いいといわれているの。消化器官の配置が人間に最も近く、体の大きさに比した胃の容量も、大腸の長さも、おまけに小腸も似ている。

まだ信じられない？　じゃあ、あなたの家の庭を眺めてみて。庭がないなら、アメリカのお金持ちの家を思いうかべてもいい。ほら、あの白い杭垣がめぐらされたやつ。その垣で何を囲っているかといえば、緑の芝生と、たぶん木が何本か、そして多少の花……ね、つまりは郊外のサバンナってわけ。緑が広がって、ところどころに木の生えた景色は、人間を引きつける。それは研究からも確認されていて、しかもその傾向は世界的なもの。日本やフランス、あるいはイギリスの庭園を見てみればよくわかる。

サバンナヒヒの暮らしぶりは私たちの祖先とよく似ている。一年の大半は草や果実や、根っこや小型の脊椎動物を食べて過ごしているけれど、イモ虫やシロアリのシーズンがきたら様子は一変。時間とエネルギーの七割近くを使って、その高品質な食料を追いまわすようになるの。期間限定メニューに客が殺到する図、ってところかな。

消化器官を比べたので、霊長類のもうひとつの側面に目を向けてみましょうか。今度は脳。生物の脳の発達度合いを測る尺度に、「脳重量比（ＥＱ）」ってのがある。これは、体重から推測される脳の重さと実際の重さを比較したもので、ヒトのＥＱは約七・五。つまり、予想の七・五倍大きいっていう意味。動物界全体の統計から考えたら、私たちの脳はもっとずっと小さくていい。なのに実際には地球で断トツのサイズを誇り、二番手にかなり水をあけている。あとに続くのはイルカで、ＥＱはおよそ四。チンパンジーは二・五程度。

ヒトの脳は不釣りあいなほどデカいだけじゃなく、大量のエネルギーを食う。生物人類学者のR・A・フォーリーとP・C・リーは、「ヒト科動物の進化における大脳化の生態学とエネルギー学」と題した論文のなかで、ヒトの脳を維持するのに必要なエネルギーはチンパンジーの約三倍だと指摘している。人間の場合、摂取する全エネルギーの二〇～二五パーセントを脳が消費していて、類人猿の平均八パーセントと比べるとずいぶん多い。ほかの霊長類の脳がプリウスなら、私たちはポルシェで走っているようなもの。スポーツカーのご多分に漏れず、普通車より高級な燃料をたくさん入れないと性能を発揮しない。

ヒトの脳が発達するときには長鎖の必須脂肪酸（EFA）が必要になる。具体的にいうと、オメガ3脂肪酸とオメガ6脂肪酸。パレオダイエットでは、祖先である狩猟採集民の食事のほうがオメガ脂肪酸の摂取量が多かったって考えている。だから現代人より健康状態がよかったんじゃないか、って。脳ができあがってからも、脳と神経の機能を正常な状態に保つうえでEFAは欠かせない。しかも細胞の発達を促し、甲状腺や副腎の活動を適切に調節してくれるほか、炎症を低下させたり、心臓疾患のリスクを下げたり、腫瘍の形成を抑制したりするうえでも一役買っている。

ある種の植物や、種子や木の実からもEFAは摂れなくはない。でも、質と量の面で一番優れていて、体が利用しやすいかたちにもなっているのは、やっぱり脂ののった魚介類に含まれる脂肪酸。人間も哺乳類も、あるいはこうした魚介類も、EFAを体内で合成するのは無理。だから食物から摂取する。それにひきかえ、植物や藻や、さまざまな昆虫は自分でEFAをつくり出せるのがすごい。

タイセイヨウサケ（アトランティックサーモンともいう）がまだ幼くて川にいるとき、好んで餌にする水生昆虫にはEFAがとくに豊富。でも知ってる？　コオロギやゴキブリも、オメガ6脂肪酸であるリノール酸を体内でつくれるってこと。

なかでもシロアリは必須脂肪酸の宝庫。なので、ヒトが脳を大きくできたのは、かつてシロアリを食べていたからだっていう説があるくらい。だから必須脂肪酸をコンスタントに摂取することができて、それが脳の成長にうってつけだったんじゃないか、って。

もうひとつ、ヒトの祖先はもともと魚や貝から必須脂肪酸を摂ったという見方もあって、それはたしかに理にかなっている。なにしろ水産生物は、タンパク質と脂肪がたっぷり入った大当たりくじ。しかも、それを狙う競争相手はほとんどいなかった。まだ誰も投資していないアップルかマイクロソフトを見つけたみたいなもので、自分のものにすればみんなに先駆けてたちまち大成功をつかめる。そして実際、体の発達という面で私たちは大成功を収めたわけ。

それはそれとして、ここではしばらくシロアリに注目させてほしいの。なぜって、シロアリは必須脂肪酸の供給源として水産生物にもひけを取らないから。アップルやマイクロソフトとまではいかなくってもヒューレット・パッカードくらいにはなる。そのこころは、あんまりコストをかけなくても簡単に手に入るってこと。それに、シロアリは霊長類の進化の節目にもたびたび登場してくる。そうしたひとつが、道具の利用。

生物の進化を象徴する場面と聞いて、何を想像する？　チンパンジーがアリ塚に棒を差しこんで、シロアリを捕る光景を思いうかべる人も少なくないはず。でも、私たちは道具に気を取られすぎて、その道具を使う目的のほうを忘れちゃいませんか？　目的とはもちろん、昆虫をもっと効率よくつかまえて食べること。コンゴ盆地で実施された研究調査によると、チンパンジーはシロアリを上手に捕らえるために複数の道具を使いわけている。いわばシロアリ用の「道具箱」をもっているってわけ。短い棒でアリ塚に穴を開けてから、もっと細長い「釣り棒」でシロアリを引っぱりだす。しかも、性能を上げるために釣り棒を改造していることも多いんだそう。たとえば棒の先を歯でしごいて絵筆のようにして、シロアリを集めやすくしているの。

母ザルが棒を見つけ、自分用に加工し、それをアリ塚に差しいれて、うごめくごちそうを巧みに引きだす。その様子を子ザルは真剣に目で追う。こんなふうに、相手の行動を観察し、学び、自分のものにする過程が、文明のルーツだと大勢の科学者が考えている。

とはいうものの、見るは易し、行なうは難し。異文化交流の一環として、研究者自身がチンパンジーを真似て同じ道具と方法を試してみたら、そう簡単にはできないことに気づいた。「私たちは幼いチンパンジーにもかなわなかった。これは複雑な技能であり、何年も練習しなければ身につかない」と、コンゴ盆地での研究者のひとりは語っている。

人類は技術と文化を大いに発展させたけれど、始まりはやっぱりこんな感じだったんじゃないかな。そもそも、動物の骨でつくられた世界最古の道具は、虫を集めるのが目的だったみたいだし。そう、二〇〇一年の研究によれば、アウストラロピテクス・ロブストゥス（一〇〇万年以上前に生きた私たちの遠い親戚）が残した骨製の道具は、シロアリを掘りだすためのものだったと見られているの。これは、ヒトの遠い祖先が「几帳面な食虫動物」だったことを示す初めての証拠。

この研究を行なった南アフリカのルシンダ・バックウェル博士は、それも不思議はない、と指摘する。なにしろシロアリは牛ランプ肉のステーキよりも栄養価が高いんだとか。「シロアリは霊長類にとってもホモ・サピエンスにとっても、タンパク質や脂肪、そして必須アミノ酸を供給してくれる貴重な存在だ」とバックウェルは論文に記している。「ランプ肉のステーキが一〇〇グラムあたり三二二キロカロリーで、魚のタラが七四キロカロリーなのに対し、シロアリは一〇〇グラムあたり五六〇キロカロリーになる」

自分が進化途上の原人になったと考えてみて。タンパク質や脂質などのいろいろな栄養素が詰まった優れた食材が目の前にあって、それを手に入れるのに走ったり槍を投げたり息を止めたりしなくてもいいとしたら？　それはもう、マクドナルドのドライブスルーみたいなもの。たいした労力をかけなくっても、カロリーの見返りが大きいんだから。

コーディン博士もそうだけど、パレオダイエットの支持者や研究者が描く絵はいつも決まっている。旧石器時代人は攻撃的で巧みな狩人で、腹をすかせた家族に肉の山をもち帰ったんだ、って。でも、実際はかなり違ったんじゃないかな。そこがこのシステムのバグなの。いや、虫《バグ》が存在しないことが問題っていうか。

「パレオ・ヴィーガノロジー（古代完全菜食主義学）」と題したブログの著者がこの点をうまくまとめている。「想像力が殺虫剤にまみれているようなもの。欧米では、食を考えるにしても、原始時代を妄想するにしても、偏見にとらわれている。だから、必要な栄養を虫から摂っていたという可能性を思いつきもしない」

狩りっていうのは、安全の面からいってもエネルギー投資の観点からしてもかなりのハイリスク。石器時代だったらなおのこと。荒地で足首をひねったり、獣に襲われて怪我をしたりしても、医療を受けられないんだから命を落としたっておかしくない。おまけに相当に運任せなところもあって、それは現代の狩猟民族でも同じ。半自動式の武器、レーザー照準器、ＧＰＳ、携帯電話、オフロード車といった便利な品々で身を固めていたって、一〇〇パーセント成功するわけじゃない。槍一本で挑んだらどれだけ難しいかは、いわなくてもわかるはず。

原始時代の狩りの成功率は二〇パーセント程度だったとか。つまり、一〇回出かけていけば二回か三回は大きな獲物をもち帰れたかもしれない、いい、いい、ってこと。そのおかげで部族は数日や数週間は生きのびられたのでしょう。でもその成功率の低さじゃ、狩り以外からも安定したカロリーをゲットしない限り飢えてしまう。たとえば養分を蓄えた地下茎や葉っぱを採るとか、小動物を捕らえるとか。そして、その小動物のなかにはかなりの割合で昆虫などの無脊椎動物が含まれていたはず。虫みたいな食物を日常的に摂取していたからこそ、大きな獲物にありつくまでのあいだも命をつなげたんじゃないかな。

ただし、こういうやり方で食べ物を集めるには、手に物をもったまま移動ができなくちゃだめ。四つん這いじゃ無理なので、二本の足で立たないと。このことから、虫なんかをつかまえることが二足歩行への移行を後押ししたって説まである。そう、あなたが二本の足で歩けるのも、部分的には虫のおかげといえなくもないってわけ。

普通、狩猟は男の領分で（チンパンジーの社会でもこれは同じ）、女は採集を担当した。それなら赤ん坊を背負ったままでもできるから。たとえ男が手ぶらで戻っても、女は毎日何かしらをもち帰って、部族や交尾相手や、何より子どもに食べさせなくちゃいけなかった。なので、タンパク質を日常的に与えていたのは実際は女のほうで、それはおもに昆虫だった可能性がある。

日々の糧《かて》になるといっても、やっぱり虫より巨大マンモスのほうが社会では尊ばれたんでしょうね。それがあれば部族全体が一か月は食うに困らず、狩った男も夜の相手に困らないわけだから。真面目な話、男が大物を引きずって戻ってきたら、ロックスター兼冒険野郎がご帰還したようなもの。女は自分の骨折り仕事が軽んじられているとわかっていても、その魅力になびかずにはいられない。たとえ女が集めた幼虫やら何やらを食べながらであっても、巨大な獲物一匹の話で一年はもちきりになると、人類学者で作家のマーヴィン・ハリスも書いている。

人類学者のジル・プルーツとパコ・バートラニは、西アフリカに生息するニシチンパンジーを四年間にわたって追った。すると、道具を用いて狩りをするのはおもにメスだとわかる。

「チンパンジーに関する科学文献では、大人のオスの狩りについては盛んに論じられています。狩りをするのは基本的にオスだけだからです。しかもオスは普通、道具を使いません」とプルーツは語っている。「メスが狩りに加わることもめったにありません。ですから今回の研究で、メスが道具を使って動物を捕らえるのが観察されたのは、いろいろな意味で非常に意外でした」

だとすれば、最古の人類が道具の技術を進化させるうえでは、女性が重要な役割を担ったのでは？　この発見は、そうした見方を裏づけるものだとふたりは指摘している。

じゃあ、大昔のヒト科の女性が虫を見て悲鳴を上げるとしたら、怖くてじゃなく嬉しくってたまらないからだったってこと？（「見て、ごちそう！」）。時代はなんと変わったことか。

お上品な現代人がどんなに信じたくなくたって、私たちの進化は昆虫食と切っても切れない関係にある。祖先たちは虫を食料にするようになり、それが人類の発展を支えた。今現在の食のシステムにしたって虫抜きには語れないし、私たちが死ねば虫に食べられる。よく「塵《ちり》から塵へ」なんていうけれど、「虫から虫へ」っていったほうが実情に近いのかも。

ほら、自分の姿を鏡でじっくり眺めてみて。あなたの体をつくるさまざまな物質は、一度は虫の体内にあったとしたってちっともおかしくはないの。祖先たちは食べていた。今でもこれを愛している国がある。あなただって知らず知らずのうちに毎日のように口にしている。だったらどうして抵抗するの？ 全然難しいことじゃない。原始人にだってできたんだから。チョコレートかチリソースをちょっとかけて、世界最古の「原始スナック」を味わってみない？

第３章　虫がプロテインパウダーを超える？

私たちはみな、昆虫を食べていてしかるべきだ。そして私たちはみな、いずれ昆虫を食べることになる。タンパク源として、じつに合理的な食物だからである。

——ルース・ライシル（アメリカの料理研究家）

パット・クローリーは水に情熱を注いでいる。その情熱が命じるままに、ユタ州ソルトレイクシティにあるSWCA環境コンサルタンツ社のコンサルタントになった。水をどう確保するかは食料生産と同様に、地球が今後五〇年間に直面する重要な問題のひとつ。だからパットは、それをなんとか独創的な方法で解決できないかっていつも考えている。

ある日の通勤途中、パットはTED〔訳注　インターネットで無料動画配信されるさまざまな分野の講演〕を聴いていた。話していたのはマルセル・ディッケ博士。テーマは、昆虫を食料にすることがいかに環境に優しいか。そのときパットはひらめいたの。そうだ、虫を食べればいいじゃないかって。そしてチャプル社を立ちあげることを思いつく。「チャプル」っていうのはメキシコ先住民の言葉で「コオロギ」のこと。その名のとおり、パットはコオロギを原料にした世界初のエナジー・バーをつくりはじめた。

もともとパットはコオロギ・バーのずっと前から水資源の保護に取りくんでいる。初めてアメリカ西部の水問題を知ったのは、全国野外リーダーシップ訓練校の講師としてグランドキャニオンのラフティング・ツアーを率いたときのこと。

「将来、水をどこから手に入れればいいのか、ちゃんとした計画がありません」とパットは嘆く。「長期的な水利用の棒グラフを見ると、『将来の水資源』と書かれた大きな棒だけがあって、それが何かは誰にもわからない。決まっていないんです。未来の世代が考えてくれるのを当てにしているだけなんですよ。だから『自分たちがどうにかしなければ』って思ったんです」

ソルトレイクシティのヒマラヤ料理店で食事をしながら、パットはガンジス川でラフティング・ツアーを行なったときの話をしてくれた。この経験を通して、世界的な水資源の問題にも目を開かれたんだそう。パットがいうには、ヒマラヤ氷河は世界のどこよりも速く融けている〔訳注　これは「気候変動に関する政府間パネル（ＩＰＣＣ）」の二〇〇七年の報告書に載った情報だが、のちに誤りであったことが明らかになり、ＩＰＣＣもそれを認めている〕。中国の一部とガンジス川流域一帯はこの氷河の雪融け水を利用していて、とくに干ばつの際にはそれが貴重な水資源。あと数十年で氷河が完全に消えてなくなるんじゃないかと危ぶむ声もあって、そうなったら影響を受けるのはじつに一八億人にのぼる。ただし、これはこの地域に限った話じゃなく、私たちだって同じ。いくら需要が増える一方だからって、減りゆく水資源を今のペースで消費していったら、すぐに同じ問題にぶつかるとパットは訴える。

「まだ一〇年や二〇年は大丈夫だとしても、五〇年後、一〇〇年後には間違いなくそうなります。このままじゃだめ。今のうちに何か手を打たないと。切羽詰まった状態に追いこまれる前に」

なるほど。でも、水や氷河がどうして……コオロギにつながるの？

アメリカ西部では水全体の八割が農業に利用され、作物の栽培や家畜の飼育などに使われている。一方、水資源保護のための施策は家庭を対象にしたものが多い。けれど、家庭が消費する割合は農業に比べたらずっと小さくて、アメリカの場合は供給量全体のわずか一五パーセント程度。「歯を磨いているあいだは蛇口を閉める」を実践したとしても、焼け石に水。

「本当にどうにかしなきゃいけないのは農業で使用される水なんですよ」とパットは力を込める。マルセル・ディッケのTEDを聞いて思い至ったのはそのことだったの。

農業向けの八割のうち、約半分（つまり全体の四割）は家畜用の飼料を栽培することにふり向けられている。単独の利用目的としては、その四割が他を大きく引きはなして最も私たちの水資源を食っている。農業目的の水使用量をちょっとでも減らせれば、現在行なわれているほかの対策より大幅な節水につながるんじゃないか。パットはそう考えている。

パットはコップの水を一口すすって、ふと何かに気づいた。その日は、ガンジス川のラフティングに向けて出発してからちょうど一年目にあたるんだとか。

「宇宙の思し召しかな」と微笑む。すべては必然だといいたげに。

だとすれば、チャプル社がこの地に誕生したのも偶然じゃなかったかもしれない。

二〇〇〇年前、この地域には先住民の北ユート族が暮らしていた。この部族は、初期の入植者との物々交換として「砂漠のフルーツケーキ」を提供していた。何かって？　その正体は、干したバッタを粉にしてザイフリボクの実と混ぜたもの。この種のケーキは「ペミカン」とも呼ばれ、元祖エナジー・バーともいうべき存在。もち運びができて栄養価が高く、狩りや山歩きの最中でも手軽に食べられる。

ヨーロッパからの移住者は初めのうちこそこれをいやがったものの、のちにはありがたがるようになった。一八四九年、ある新聞記者が先住民の部族から在庫をすべて買いあげたあとで、こう書いている。「バッタの『フルーツケーキ』への偏見は当初は強かったが、それも徐々に消えて、ついにはひとつも捨てられることがなくなった」

考古学者のデイヴィッド・マドセンは「どの鍋にもバッタが一匹――西部の砂漠では小さな獲物が大きく物をいう」と題した文章のなかで、一九八四年の思いがけない発見について記している。場所はグレートソルト湖の西の端にある湖畔の洞窟。その内部で先史時代の堆積物を発掘調査していたときのこと。「バッタの体の断片が何万個も発見された。どの地層を掘りかえしても見つかり、洞窟全体では五〇〇万匹のバッタがいた計算になる」

なんでこんな状況になっているのか、どうして砂交じりのバッタが平らに広がっているのか。初めのうち調査隊にはまるで見当がつかなかった。やがて、洞窟の近くに当時の人糞の化石が見つかり、その中から……何が出てきたと思う？　そう、バッタのかけらがどっさりと。どうやらこの洞窟は長年にわたって、干した虫を保存しておく貯蔵庫として使われていたらしい。洞窟内は気温や湿度の変動が少ないから、貯蔵庫にうってつけだったってわけ。

なぜ砂交じりだったのかっていう理由もほどなく判明。今度はアマチュア考古学者のグループが湖の東側で別のものを見つけたの。なんと湖岸に並んだすごい数のバッタを。マドセンはこう報告している。「私たちも調査に向かった。そこで目にしたものは、大量のバッタが塩水〔訳注　グレートソルト湖は塩湖〕に飛びこんだか、風のせいで水に落ちるかして、そのあとで岸に打ちあげられた光景だった。そのため、塩を含んで日干しになったバッタがきれいな列をなし、湖岸に何キロにもわたって連なることになった」

波のうち寄せ方がその都度変わるために、バッタの列は全部で五つできていた。列の幅は広いもので二メートル近く。縦にも積みかさなっていて、最大で幅三〇センチあたり一万匹のバッタが確認された。自分で飛びこんだのか風に飛ばされたのかはわからないものの、バッタは一度に何千匹も湖水に落ち、おぼれ、自然と塩漬けにされて日干しになった。先史時代にもこういうことが起きていたとしたらどう？　この「干物」を集めるのは面倒だったかもしれないけれど、なんたってすでに塩と熱で処理された保存食。すくい取ればそのまま食料にできたはず。

塩湖に恵まれていない地域では、先住民が別の方法で保存や調理を行なっていた。まずは夏の始まりと終わりに、バッタやモルモンコオロギ（一九世紀半ばにモルモン教徒の初めての収穫を荒らしたためにその名がついた大型キリギリスの一種）を穴に追いこんでつかまえて、それをどうしたかっていうと……「盆にのせて種のように炒ってから、すりつぶして粗い粉にし、粥《かゆ》にしたり団子状に固めたりして食べた。……このようにして調理された昆虫は大変なごちそうとされていた」。地質学者で民族学者でもあったジョン・ウェズリー・パウエルは一八七〇年代にそう書いている。

グレートソルト湖西岸の洞窟発掘調査に加わった研究者は、試しに自分たちでもバッタを干して味わってみて、それを「砂漠のロブスター」と呼ぶようになったんだそう。

昆虫を食べることは、経済的に見ても栄養の面からもまったく理にかなっているとマドセンは指摘する。マドセンのグループは、実際にモルモンコオロギを捕る実験を行なって、カロリーの計算もしてみた。「研究者ひとりが水際で一時間かけて、モルモンコオロギを約八・四キロ収穫できた。これはひとりでチリドッグ八七本か、ピザ四九切れ、もしくはビッグマック四三個分を集めたのに相当する」

今は殺虫剤が大量に使われているから、昔と比べたら一か所で見つかる昆虫の量はこれでもずいぶん減っているんでしょうね。貴重な食料源を駆除してしまって、本当にそれだけの価値があったの？　害虫から作物を守るというけれど、その作物に害虫ほどの栄養がある？


アメリカにはもう虫を食べる習慣がない。でも、先住民から受けついだ食文化もある。たとえば魚介類。植民地時代の感謝祭のテーブルには、ロブスターやサケ、あるいはカキなどが山ほどのっていたはず。どれも今でこそごちそうとみなされているものの、当時は貧しい者の食べ物とされていた。なぜって？　嵐のあとにはよくロブスターが浜辺に大量に打ちあげられていて、それを客人に出さなくちゃいけないっていうのは恥ずかしいことだったの。カキやハマグリみたいな二枚貝はすりつぶして、一九世紀までブタの飼料にされていたくらい。

クロマグロにしてもそう。現在はアメリカでも大変な人気で高値がつくけれど、一九六〇年代までは捨てられるかキャットフードに加工されるかのどちらかだった。大きくて見ばえがいいからスポーツフィッシングでは愛されたものの、釣りあげて写真を撮ったら、あとは金を払って処分させる。アメリカでクロマグロに値打ちが出たのは一九七〇年代の初め。日本航空が帰りの便に積む貨物を探していて、この魚を大量に買いつけたのが始まり。それでも当時は、寿司でマグロを好む日本人向けに輸出するだけだった。

考えてみれば、虫を食べるのも寿司を食べるのとたいして変わらないんじゃない？三〇年前には、サンフランシスコやロサンゼルスといった都会でも生魚にはまだみんな抵抗があった。あからさまに顔をしかめる人もいたほど。今じゃネブラスカにだって寿司店がある。

作家のトレヴァー・コーソンは著書『スシ物語』のなかで、寿司がアメリカで成功した理由を三つ挙げている。ひとつ、農務省が魚は体にいいと発表したこと。ふたつ、テレビドラマの『将軍』が放映されて日本ブームが起きたこと。三つ、パーティーにぴったりの料理だったこと。寿司屋に行くこと自体にもおもしろさがあった。店に入ると料理人が威勢よく挨拶をし、派手な包丁さばきを見せつける。そして、まるで肝試しのような色鮮やかな品を次々に出しながら、こっちが皿の上のものの正体を気にしなくなるまで酒をつぐ。友だちに話して聞かせるにはもってこいの体験。一九八〇年代にアイフォーンがあったら、インスタグラムは今以上に寿司の写真であふれ返っていたでしょうね。

虫を食べることも寿司と同じで、三拍子そろっているんじゃないかな。まず、食料源としてとっても環境に優しい。それに、文化が色濃く息づいた風変わりな食べ物だから、食い道楽を引きつける絶好の素材でもある。しかも栄養価が高い。

パットと夕食を共にした翌日の朝、レンタカーをホテルに置いてアートスペース・コモンズに歩いて向かった。アートスペース・コモンズっていうのはこの街のコミュニティ・センター。環境に配慮した建築物として認証を受けている。その中にある企業向けキッチンスペースをチャプル社が週に三回借りているというので、訪ねてみることにしたってわけ。ソルトレイクシティの街を歩いていると、まるで巨大な金魚鉢の内側にいるような気持ちになる。底は平たく、街の端から赤い山々がまっすぐにそびえ立っている。

アートスペース・コモンズの駐車場には大きな建物があった。ソーラーパネルを張った三角屋根がカミソリの刃のようにきらめいて、青い空と赤い山のあいだを切りさいている。コモンズのビルの南向きの窓には、太陽電池のついたひさしが張りだして日影をつくっていた。

パットが中から手を振った。「チャプル」と書かれた茶色のTシャツを着て、赤い縁のトンボメガネをかけ、手袋をはめている。キッチンスペースは簡素で近代的ながら、どこか自然食品スーパーのようなオーガニックな雰囲気を漂わせていた。床から天井まで届く窓からは自然光がたっぷりと差しこむ。一枚の窓ガラスにだけ竹ビーズのカーテンが掛けられていて、そこにはラクシュミー（ヒンドゥー教の豊穣の女神）の絵が。ソーラーオーブンがずらりと並んだところにパットとジャイが立っていた。ジャイはカポエイラ教室で知りあったパットの友人で、チャプル社のスタッフでもある。ふたりはエナジー・バーをつくるための材料を量っていた。

パットは週に三回カポエイラのレッスンを受けていて、その仲間がチャプルで何人も働いている。カポエイラはブラジルの武術風舞踊で、もともとは黒人奴隷がひそかに体を鍛錬するために編みだしたもの。日ごろはポルトガル人に虐げられていても、これを見とがめられたら「踊っているだけだ」って答えればいい。側転や逆立ちみたいなアクロバティックな動きに目を奪われがちだけれど、「酔ったサルの踊り」とも呼ばれるとおり、音楽とリズムと歌の要素もある。最近では世界中の国際都市にカポエイラが広まっている。

パットのカポエイラ・グループは、助けあい精神という点でキリスト教教会のような一面ももっているらしい。病気であれ、金銭問題であれ、コオロギ・バーの会社をつくることであれ、仲間が抱えているものにみんなが力を貸すの。

「まずピーナッツから入れて」とパットはジャイに指示を出した。ジャイは筋骨たくましい青年。褐色の肌にチャプルTシャツを着ている（だんだん私も本気でこのTシャツが欲しくなってきちゃった）。ジャイは手を動かしながらブラジルの歌を口ずさむ。干したコオロギとピーナッツを挽いて粉にし、コオロギ粉をふるいにかけ、アガベ（リュウゼツラン）シロップを注ぐ。ふるいに残ったものをパットが見せてくれた。翅や後ろ足のかけら、体を覆う硬い部分の断片。栄養上はなんの問題もないんだけれど、交じっていると食感が悪くなるらしい。

攪拌機《かくはん》がうなりを上げながら、「チャコ・バー」用の材料を均一に混ぜていく。チャプルのコオロギ・バーには全部で四種類あって、チャコ・バーはそのひとつ。アメリカ南西部からメキシコ北部にかけての、チャコ・キャニオン地域の古代文明をイメージしている。チョコレートやピーナッツが入っているのは、当時の住民が好んで食べていたものだから。

そういえばリュウゼツランで思いだしたことがあったので、パットとジャイに話して聞かせた。リュウゼツランはテキーラの原料になるサボテンで、アステカ文明には「マヤウェル」という名のリュウゼツランの女神がいた。言い伝えによると、マヤウェルは「センツォン・トトチティン」（「四〇〇羽のウサギ」という意味）と呼ばれる子どもたちを四〇〇個の乳房で育て、その子たちはのちに酩酊の神々となったとか。パットとジャイは顔を赤らめて笑った。

材料が混ざったところで、ジャイがすべてを天板にあけた。角に隙間ができないように、手袋をした指で生地を押しこんでいく。金属製のへりの部分をパットは「チャプル・フェンス」と呼んでいて、そのおかげでコオロギ・バーの形が均一にそろう。フェンスは地元の溶接業者に頼んで特注したんだとか。

それからジャイは生地を平らにならしてオーブンへ。焼けたら、大きなパン切り包丁で長方形に切っていく。四角いバーを袋に入れ、チャプルのシールを貼り、箱詰めする。なんて単純明快な手順。

カポエイラ仲間の同僚が途中でも二〜三人顔を見せた。一時はチャプル社のグラフィックデザイナーとパットのガールフレンドも加わって、流れ作業でバーづくり。みんな、ゆっくりと踊るかのような優美な身のこなしで互いのあいだを動きまわる。カポエイラ教室で身につけたものかしら？　ジャイが例の歌をまた歌いだした。「ほら、ほかの人もバックコーラスしなくっちゃ」って私が冗談半分にけしかけると、いきなり見事なハーモニーがほとばしった。これもカポエイラの延長ね、きっと。

私が口をぽかんと開けて立ちつくしていると、やがてみんなは大声で笑いだし、不思議な時間はシャボン玉のようにはかなく消えていった。思わずうっとり。こんな新興企業、見たことない。

作業は順調にはかどり、五時間ほどで二二〇本のバーができあがった。これが一本二ドル五〇セントで売れる。ほんの数人がキッチンで作業しただけにしちゃ悪くない。「まだ始めたばかりだから」ってパットは謙遜する。でも、二〇一二年五月にコオロギ・バーがデビューを飾って以来、チャプル社はすでに一三か国から注文を受けてきた。今じゃ商品はアメリカの七五の店で買うことができ、パットは翌年の売上が一〇〇万ドルを超えると見ている。

何年か前のこと、ラスベガスで開かれた国際スポーツ栄養学会で虫の栄養について講演をしたの。これまでいろいろなグループの会合に出たけれど、あんなに熱心に聞いてもらえたのは初めて。スピーチのあとであんまり大勢の人が集まってきて、次に話す順番の人から軽くにらまれちゃったほど。ポケットは名刺でいっぱいになった。みんなが知りたいことはひとつ。「昆虫を使ったプロテイン商品が発売されたら、すぐに教えてください」。普段はうさん臭げな目を向けられることに慣れているので、思わず「そんなに興奮していただけるなんて」と漏らした。

するとひとりが淡々とこう冗談を返す。「だって、ボディビルダーに向かって『家畜のフンを食ったら筋肉がつく』といってごらんなさい。熊手をもって牧場に走りますから」

危険なスポーツに取りくむ選手とボディビルダーは、栄養に関して最新のトレンドを取りいれるのが早い。「バグマッスル」がターゲットにしているのもまさにそのグループ。バグマッスルは、粉末の昆虫だけでつくられたプロテインパウダー。開発したダイアン・ギルフォイルは、南カリフォルニアで学校給食の栄養指導をしている。

「ボディビルダーがこの商品を使っているのを見たら、一般の人にも抵抗が少なくなるかもしれません」とダイアン。息子は格闘家らしい。

昆虫ベースのプロテインパウダーにはメリットがいくつもある。それにひきかえ、今出回っている商品は大豆やホエイ（乳清）を使ったものが多く、どちらも一部の人に健康上の問題を起こすことが知られているの。

大豆は肉に代わるものとして盛んに宣伝されてきた。アメリカでは医師も栄養学者も、食品医薬品局（ＦＤＡ）までもが、何年も前から大豆製品や大豆タンパクを熱心に勧めている。日本や中国などアジアの一部地域で乳がんや前立腺がんの発症率がアメリカより低いのは、大豆食品などの伝統食によるものだとする研究結果もあるほど。

でも、そういった国々とアメリカとじゃ大豆の使われ方がずいぶん違うのよね。アジアではたいてい大豆を発酵させている。それに、味噌、納豆、醤油、腐乳（発酵させた豆腐）といった大豆食品はたしかに頻繁に食べられているけれど、量はけっして多くない。魚みたいな低脂肪タンパク質や、海藻、野菜などと一緒に摂取している点も大きいんじゃないのかな。

なのにアメリカでは「大豆」の文字を見ただけで、医者も専門家も「多いほうがよかろう」っていう西洋的な反応を示した。よし、あらゆる食品に大豆を混ぜこんじゃえ、って。そのための方法が、大豆からタンパク質を取りだして濃縮タンパク質パウダーをつくること。薬を製造するときに、植物から薬効成分を抽出するみたいに。

タンパク質を分離して、大豆固有の油分を「洗う」ために、豆をローラーにかけてフレーク状にしてからヘキサンという溶剤にひたす。ヘキサンって知ってる？　ガソリンに多く含まれていて、毒性が高いの。何を隠そう、強力な神経毒。もっとも、大部分は蒸発するのでごくわずかしか残らないし、残留していい濃度もＦＤＡがちゃんと定めている。なにも、プロテインパウダーを摂取したら脳が冒されますよ、って脅しているわけじゃありません。ただ、このパウダーをつくる過程が自然じゃないっていいたいだけ。

「大豆タンパクを抽出するには、かならず複雑でハイテクな手順を必要とする」と、栄養学者のカイラ・ダニエルは著書『大豆の真実――アメリカ人が大好きな健康食品の裏側』のなかで指摘している。「自然なところがひとつもない。キッチンではなく工場で行なわれている」

だとすれば、人間が口にする食材としてなんらかの問題をはらんでいるとしても不思議はないでしょう。

抽出したタンパク質じゃなくっても、大豆が健康に害を及ぼす場合はある。二〇〇七年、栄養コンサルタントのメアリー・ヴァンスは「大豆のダークサイド」という記事を『ウトネ・リーダー』誌に寄稿した。

ヴァンスは一三年間、大豆食品を頻繁に摂ることで健康的でベジタリアンな食生活を維持していると思っていた。

「いろいろなかたちに加工された大豆をほとんど毎日摂取して、自分がそれなりに健康だと感じていた。ところが、いつのまにか生理が止まってしまった」とヴァンスは書いている。「枝豆を食べたときに胃の調子が悪くなったり、気分の変動が大きいことがたびたびあったり、腸にガスがたまったりもしたが、理由はわからなかった。大豆は心臓を守ってくれる奇跡の食べ物。だから、疑いの目を向けるなんて思いもしなかったのだ」

何がいけないのかって？　ひとつには、発酵させていない大豆にフィチン酸が含まれていること。フィチン酸には、ある種のミネラル（鉄や亜鉛など）や栄養素の吸収を妨げる作用があるの。それに、植物にはよくあるように、大豆にも植物性エストロゲンが入っている。これが女性ホルモンのエストロゲンに似た働きをするから、大豆を食べると体内のエストロゲン量が増えるわけ。でもね、エストロゲンが多すぎるのはけっしていいことじゃない。女性の場合は乳がんにつながるおそれがあるし、男性の場合は男性ホルモンであるテストステロンの減少を招いて、生殖能力を低下させることにもなりかねない。

古代中国の修行僧たちは、肉に代わるお手軽なタンパク源として豆腐をすぐに取りいれた。それはこのためじゃなかったかって、ダニエルは『大豆の真実』で指摘している。「豆腐を食べる量が増えるにつれて、好色なふるまいが減っていくことに僧侶たちは気づいたのではないか。この食材は『骨のない肉』の異名をとり、精神修養と禁欲を助けるものとしてすぐに僧院の献立に頻繁に現われるようになった。この戦略が正しかったことは近年の研究によっても裏づけられている。大豆の植物性エストロゲンが、テストステロン値を下げる場合があるとわかったからだ」

そもそも、それこそがまさに植物性エストロゲンの存在目的じゃないかっていわれているの。つまり、オスの草食動物の生殖能力を低下させること。考えてもみて。植物だって誰かに食べられたくはないけれど、走って逃げることができないでしょう？　だったら、オスの草食動物が子づくりする気をなくしちゃうような化学物質をつくってやればいい。生殖しなくなれば子の数が減って、春に葉をかじる口の数も少なくなるってわけ。

当然だけど人間も哺乳類だから、ホルモンのバランスが一定に保たれていることが大事。体内でエストロゲン値だけがひどく高まるような状況は避けるにこしたことはない。

プロテインパウダーのタンパク源として、もうひとつよく使われるのがホエイ。ホエイは、チーズやヨーグルトなどの乳製品の製造過程で生じる副産物。だから乳糖アレルギーの心配があるし、酪農のやり方そのものがうさん臭いっていう問題も。それに、ホエイを長期的に摂取すると、腎臓や肝臓に負担がかかって機能が低下する場合があるともいわれているの。

要するにどのタンパク源も完璧とはいえないってこと（加工処理が少ないほうがまだましだとは思うけど）。

昆虫由来のタンパク質もそれは同じで、甲殻類アレルギーがある人にはお勧めできない。でもそうじゃなければ、今ある選択肢と比べて体にも地球にも優しいタンパク源になれる。以前は、九種類の必須アミノ酸をすべて含んでいるのはホエイタンパクだけだった。でも、ほかにも必須アミノ酸を見事に供給してくれるものがあるのを知ってる？

そう、昆虫。

ホエイはもともとの液体の状態だと、重さ全体の約一パーセントがタンパク質。乾燥ホエイのタンパク質は一二パーセントで、プロテインパウダーの材料となるホエイタンパクは八〇パーセント。一方、乾燥牛肉は五〇パーセントがタンパク質。乾燥コオロギ肉なら六五パーセントもある。しかもこれは自然な丸ごとの場合で、加工などいっさいなし。

コオロギタンパクを抽出する技術は、まだ提案の段階で実現していない。でも、十分な研究と世間の関心が集まれば、昆虫プロテインパウダーには間違いなく大きな可能性が開けているはず。

タンパク質だけじゃなく、食用昆虫には必須脂肪酸も豊富なものがかなりある。とくに多いのがオメガ3脂肪酸。もちろん、オメガ3の含有量が高い天然の食材としては、魚がとても優れているのはたしか。けれど、その魚がどういうプロセスを経てテーブルにのるかを知ったら、多少食欲が落ちるんじゃないかな。

たとえば養殖サケにはいろいろな問題が。ポリ塩化ビフェニル（PCB）による汚染もそうだし、寄生虫駆除のために殺虫剤が使用されているのもそう（おまけに寄生虫も殺虫剤も養殖場の外に出ていくおそれがある）。さらには、狭い環境でも病原体への集団感染が起きないように、抗生物質も与えられている。身が人工着色されているんじゃないかっていう懸念の声も。そうね、たしかにそれは事実。ただし、全体で見ればそれほどの大ごとじゃないので、まずこの点から片づけちゃいましょうか。

人工的に色をつけなければ養殖サケの身は灰色。それじゃ、あんまり食欲をそそらないし、たぶん売れゆきも悪くなる。じゃあ、天然のサケの肉がピンク色をしているのはなぜかって？　それは餌のオキアミにアスタキサンチンという赤い色素が含まれているから。これはフラミンゴも同じで、オキアミを食べなかったらきっと白くなっちゃう（そしたら芝生の装飾としてアメリカでこれほど人気が出ることもなかったかもね）。アスタキサンチンはカロテノイドの一種で、ニンジンをオレンジ色にするカロテンもこの仲間。ちなみに、私がメキシコで試した「チャプリネス（バッタ）」が赤かったのも、アスタキサンチンのせいなんだとか。ロブスターやエビをゆでると赤くなるのも原因はこれ。強力な抗酸化作用があるからとアスタキサンチンを勧める栄養学者もいて、実際にサプリメントとして販売されている。

それはさておき養殖サケの場合、身を「サーモンピンク」にするにはオキアミの量が足りない（オキアミが餌に使われていればの話だけれど）。だから、消費者に買ってもらうために人工的に色を足してやる。幸いほとんどの養殖業者は、何か妙なものじゃなくてアスタキサンチンのサプリメントを飼料に混ぜているみたい。養殖と天然の違いとしてはこの色の件が一番目につくけど、健康への影響はあんまりないって考えられているの。

はるかに大きい問題は目に見えない部分にある。具体的にいうと、ＰＣＢのような有害物質が脂肪組織にたまっている可能性があるってこと。ＰＣＢは安定性の高い液体で、電気機器の絶縁や冷却などさまざまな用途に何十年も使用されていた。ところが、毒性があるからと、一九七九年に製造が原則禁止された。安定していることが工業化学物質としての利点のひとつだったのに、今じゃそれが仇《あだ》となって環境問題をひき起こしているんだからなんとも皮肉。つまり、自然環境のなかでは簡単に分解されてくれないの。しかも、水には溶けないくせに油や脂肪にはよく溶けて、皮膚からも浸透してくる。海水では壊れないので海に蓄積しやすく、そのまま海の動物に吸収されて脂肪組織に居座る。そのひとつがサケってわけ。だから、ＰＣＢを摂っちゃうリスクをできるだけ減らすために、サケを食べるときには皮と脂肪を除くようにって助言する専門家もいる。ＰＣＢは、がんをはじめとする数々の症状との関連が指摘されている。

養殖サケの餌は、イワシなどの小魚の粉と魚油を混ぜたもの（第1章を思い出して）。この魚油には、世界中の何百万匹っていう魚から抽出した油が濃縮されている。天然のサケなら、生きた獲物を追いかけるのにエネルギーを消費するけれど、養殖の場合は脂肪をたいして燃やさなくても餌にありつけちゃう。なので、天然ものよりたいてい脂肪組織が多くって、ＰＣＢで汚染されている可能性も大。私としては脂のたっぷりのったサケの味が本当は大好きなんだけど、その脂に何が入っているかを考えちゃうと美味しさが薄れる気がするのよね。

ちなみに、やはり有害な水銀は脂肪じゃなく肉に蓄積されるので、天然のサケに含まれる水銀の量も養殖ものと大差ありません。

とはいえ、全体で見ればやはり天然のサケを選ぶべきなんでしょうね。ただし、これはけっして豊富な資源じゃなく、その数はしだいに減少している。現代の海は全般的に魚の乱獲が進んでいるので、あと四〇年で海産資源が枯渇するんじゃないかって危ぶむ専門家もいるほど。ヒトという生物の数が増えるにつれて、良質でクリーンで罪悪感の少ないタンパク源はどんどん減っていき、その価格はますます上がっていくみたい。

食用になる昆虫はおよそ一九〇〇種類。それぞれが特定の生態系のなかで、特定の食物に頼って生きている。栄養上の特徴も、人間の趣味と同じくらい千差万別。ほかの動物のように、その虫が何を餌にしているかで虫自体の栄養価も違ってくる。そうはいってもいくつかの共通点はあります。ひとつは、ほとんどの昆虫は亜鉛の含有量が高いってこと。亜鉛は免疫の働きにかかわる重要な栄養素で、不足すると重大な健康問題につながることが世界保健機関（WHO）によって指摘されている。

それから、食用昆虫はどれもある程度の必須脂肪酸を含み、とくに水生昆虫には豊富。コオロギ、バッタ、アリ、そしてある種の幼虫は、カルシウム値がすごく高いの。生ゴミの処理に使われるミズアブの幼虫なんて、グラフからはみ出るほどの高カルシウム。

そうそう、ビタミンB_{12}は動物性の食品からしか摂れないって知ってた？　じゃあ九五ページの表を見てみて。ね、コオロギとゴキブリの幼虫はどちらもB_{12}源にもってこいでしょう？　ベジタリアンが昆虫食を受けいれられるんなら、コオロギ数匹を週に二〜三回口に放りこむだけでB_{12}不足の問題を解消できるかも。

栄養価が高いのは、丸ごと食べるせいもある。内臓も、体を覆う外骨格も全部（もちろん、おなじみの家畜にしても、どうにかして丸ごとすりつぶして食べることができるんなら、もっとうんと栄養を摂れるでしょうね）。

外骨格は昆虫の体を守る役目を果たしていて、キチン質でできている。キチン質は、アセチルグルコサミンという物質が鎖状に長くつながった構造をもつ。エビ・カニやロブスターの殻も、キノコ類の細胞壁も、主成分はキチン質。この物質は、植物の細胞壁をつくるセルロースと構造が似ていて、機能は髪や爪をつくるケラチンに近い。自然界の生体高分子としてはセルロースに次いで量が多くて、人間社会でもさまざまな用途に利用されているの。たとえば生分解性の（つまり微生物によって分解される）手術用縫合糸や、食べることもできる果物・野菜保存用フィルムの原料。おまけに、食物繊維として体内のコレステロールを吸着してくれる効能も期待されているんだって。

昆虫農業はまだ比較的新しい研究分野。餌や飼育環境が違えば虫の栄養価も変わってくるので、どんな栄養素がどれくらい含まれているかについてはまだデータが十分じゃないのが現状。でも、とりあえず複数の資料からの情報をまとめて次ページの表にしてみた。現時点でわかっていることを大まかに把握する意味で見てみて。

　アメリカのテレビアニメ『ザ・シンプソンズ』に、シンプソン家の長女リサがサックスの演奏中に失神するというエピソードがある。医者は鉄の欠乏による貧血と診断した。

「菜食主義のせいだっていってくださいよ」と母親は医者に泣きつく。

「違うわよ」。リサはぴしゃりといい返す。

「そのせいも多少はありますね」と医者は答え、大きな鉄剤を処方した。

　リサは鉄剤を飲もうと努力するものの、一日中変な味のゲップが出るのが気に入らない。すると小学校のカフェテリアで、ランチレディ・ドリスから「自分の若さの秘訣」だという食べ物を勧められる。その正体は甲虫《こうちゅう》入りの粥。わたしは菜食主義なのよ、とリサは文句をいう。

「ふん、世間知らずだね」。ドリスは鼻で笑った。「ピーナッツバターにだって虫のかけらが入ってるんだよ！」

　話は進み、やがてリサは町の昆虫食協会のメンバーになって、いろいろな昆虫料理を味わう。さらには家の地下室でバッタを飼いはじめる。ある晩の夕食では、ベジタリアンのはずなのにエビを口に入れそうになる。バッタもエビも「どっちも節足動物だから」って。

栄養比較表

項目	タンパク質(g)	脂質(g)	カルシウム	鉄	亜鉛	カリウム	ナイアシン	マグネシウム	B12 (mcg)
コオロギ	20.5	6.8	40.7	1.9	6.7	347	3.8	33.7	5.4
ミールワーム	23.7	5.4	23.1	2.2	4.6	340	5.6	60.6	0.5
ワックスワーム	14.1	24.9	24.3	5	2.5	221	3.7	31.6	0.1
ミズアブの幼虫	17.5	14	934.2	6.6	13	453	7.1	40	5.5
カイコ	9.3	1.4	17.7	1.6	3.1	316	2.6	49.8	0.1
ゴキブリの幼虫	19	10	38	1.4	3.2	224	4.4	50	23.7
ミミズ	10.5	1.6	44	5.4	1.7	182	N/A	13.6	N/A
イエバエ	19.7	1.9	76	12.5	8.5	303	9	80.6	0.6
鶏肉（皮なし）	21	3	12	0.9	1.5	229	8.2	25	0.4
牛ひき肉（赤味90%）	26.1	11.7	13	2.7	6.3	333	5.6	22	2.1
天然タイセイヨウサケ	19.8	6.3	12	0.8	0.6	490	7.8	29	3.2

マーク・フィンク（動物の栄養に関するコンサルタント）、デニス・オーニンクス（オランダの昆虫学者）、フリエタ・ラモス＝エロルデュイ（メキシコの食用昆虫研究者）、メイ・ベーレンボーム（アメリカの昆虫学者）および米国農務省による栄養研究から数値をまとめたもの。

※別段の記載がない限り単位はmg/100g　　N/A：データなし、またはごく微量

『ザ・シンプソンズ』の脚本家ダン・グリーニーはこんな話を書くだけあって、私が二〇一〇年にロサンゼルスで「虫バーベキュー」を開催したときには参加してくれた。シシカバブならぬ「シシカバグ」を焼きながら、私たちはその日用意した虫の栄養価について話をした。たしかダンはサソリを食べたんじゃなかったかな。今しがた紹介した『ザ・シンプソンズ』のエピソードはふざけているようでいて、じつはちゃんと的を射ている。鉄分が豊富な昆虫は実際にたくさんあるの。同

じ重さで比べたら、イエバエの鉄分は牛肉の五倍近く。今度うっかり飲みこんじゃったときには、このことを思いだしてみて。

今のところ、鉄の欠乏に対しては鉄剤が処方されるか、もっと赤身肉を摂取するようにいわれるかで、たいていはその両方を勧められる。たしかに赤身肉は食品のなかでも鉄分の含有量が高いほう。でも、それより少ない量で同じだけの鉄分を得られるとしたらどう？　ほら、よくある比較コマーシャルみたいに。△△の商品だとこんなに食べなければいけませんが、○○ならたった一杯で同じ栄養が摂れます、とかなんとか。この場合は一杯の虫ってわけ。

人間にとって栄養があるだけじゃなく、昆虫は家畜の飼料としての期待も高い。ブタ、ニワトリ、魚が必要とする動物性タンパク質は、すべて昆虫でまかなえる。ニワトリは今だってしょっちゅう虫を食べているしね。そもそも虫がいやだのなんだのと、何を今さら。虫はすでに私たちが口にする食品にしっかり入っているんだから。

アメリカのＦＤＡ（食品医薬品局）は、食品にどれだけ昆虫が混入してもいいかの上限を定めていて、それをインターネット上でも公開している。それを見ると、加工食品のほとんどにびっくりするほど昆虫の断片が紛れこんでいるのがよくわかる。パンにシリアル、パスタに調味料。キャンディなんかもそう。

ランチレディ・ドリスは正しい。ピーナッツバターには、一〇〇グラムあたり三〇個までなら虫のかけらが交じっていてもいいことになっているの。チョコレートなら一〇〇グラムあたり六〇個まで。粉状のオレガノは一〇グラムあたり一二五〇個まで。

これをピザ・レストランの食事で想像してみて？　楽しいわよ。小麦粉には五〇グラムにつき虫の断片が七五個まで。トマトペーストには一〇〇グラムあたりハエの卵が三〇個まで。で、ホップには一〇グラムにつきアブラムシ二五〇〇匹までオーケーだから、ピザを食べてビールを飲んだら、えーと、ひとりあたり虫のかけらは一〇〇個くらい？　ひと口につきかけら五個？

ほとんどの加工食品に昆虫が入っているんなら、私たちは赤ちゃんのときからずっとそれを消化してきたことになるんじゃない？　バッタとタマネギの離乳食はいかが？

そういえば、ケチャップの瓶の口元のところにぐるりと紙のシールが貼られているのはどうしてか知ってる？　デイヴィッド・ジョージ・ゴードンが著書『虫食い料理ブック』のなかでおもしろい話を紹介している。近代的な攪拌装置が利用されるようになる前は、ケチャップの一番上に虫のかけらが浮いて黒い輪っかができていた。これじゃどうにも食欲が湧かない。だから紙でその輪っかを隠して、買いにきた人が「げっ！」とならないようにしたってわけ。今じゃはるかに上手に虫が混ぜられているからそんなことにはならないんだけれど、いまだに紙を巻いている商品が多いの。

考えてみれば、どんなトマトがケチャップになっているかなんてわかったもんじゃない。

スーパーで売っているみたいな可愛くて欠陥のないピカピカのトマトなのか。はたまた穴や傷があって、虫の一匹や二匹はひそんでいそうな不格好なやつなのか。加熱済みの加工食品にたまたま虫が入っていたって、危険性がないことをＦＤＡは知っている。それどころか、むしろ私たちのためになっているかもしれないくらい。たとえば、アメリカの作家バーバラ・キングソルヴァーの共著『動物、野菜、奇跡――食生活の一年』のなかには、初期のヒンドゥー教徒に関するこんな一節が。

古代インドのヒンドゥー教徒といえども、完全な菜食主義者ではなかった。もっとも、本人たちにその自覚はなかった。古い技法では、穀物を収穫する際にどうしてもかなりの量の昆虫の断片が残ったままになる。そのほとんどはシロアリの幼虫と卵だ。菜食主義のヒンドゥー教徒がイギリスに移住するようになると、食品衛生に関する規制がインドより厳しいため、貧血になることが多かった。

虫嫌いのお上品な皆さんでも、スターバックスでストロベリー・クリーム・フラペチーノを頼んだことがあるんでは？　あの赤い色素はコチニールといって、カイガラムシっていう甲虫から取ったもの〔訳注　アメリカでこの件がメディアに取りあげられて騒ぎになったため、スターバックス社はコチニールの段階的使用中止を発表している〕。それに、「虫の色素なんてけしからん」ってラテやエスプレッソを飲みながら憤慨しているあなた。そのコーヒー豆自体に一〇パーセントまでなら虫がついていても許されるのをご存じ？　ネットで調べれば簡単にわかりますよ？

　コチニール色素は「カルミン色素」とも呼ばれ、飲食品や織物、あるいは化粧品を赤くする目的でよく使用されていた。現在でも幅広く使われているけれど、価格の問題から、市場ではお手頃な合成着色料に着々ととって代わられている。カンパリが何年か前にコチニールから合成着色料に切りかえたのは、そういう理由があったのかな。

　虫由来の商品をわざわざ日常的に口にしている例はほかにもある。たとえばハチミツ。お気づきでないかもしれないのでいっておきますと、あれはつまりミツバチのゲロですのよ？　絹糸はもちろんカイコの繭《まゆ》。だから「動物の倫理的扱いを求める人々の会（PETA）」は絹糸の使用に反対している。なにしろ、絹糸のために膨大な数のカイコガの子どもを殺しているんだから。繭はゆでられ、死んだサナギはとり除かれるか、工場でおやつとして食べられることもある。菓子の光沢剤として使われるシェラックは、東南アジアの森にすむラックカイガラムシの分泌物。薬のコーティングや、ジェリービーンズみたいなキャンディにも入っているし、リンゴを魅力的に見せるためにワックスと一緒に塗られることだってある。

　ほらね、虫は私たちの生活とも、食物連鎖とも切りはなすことができないの。虫に有利な証拠がこんなにそろっているのに、食材として検討しないなんてバカげているし、相も変わらず敵意をむき出しにするのもおかしいでしょう？

いつの日か宇宙人が、なんの予備知識もなく地球に来たらどう思うかしらね。この惑星で一番偉そうな生き物が、悲鳴を上げてちっぽけな動物から逃げまわっているんだから。誰か自分たちのしていることを理路整然と説明できる？

「だってほら、噛むやつとか刺すやつとかもいるし、見ただけじゃ何されるかわからないし……」。こんな理屈を振りかざすのは、観察眼がございませんって白状しているようなもの。怠惰で迷信深いと宇宙人に笑われたって仕方がない。

そんな日がきたらと考えただけで、私は人間が恥ずかしくなるの。

第4章 なぜ虫を食べるかって？それは「美味しいから」

食用になる虫は、記録されているだけで世界にざっと一九〇〇種。しかもその数は増えつづけている。あなたはこれまでに何種類の動物の肉を口にしてきた？　鶏肉、牛肉、豚肉、羊肉、あとはたぶん魚が五～一〇種類くらい？　多少の違いはあっても、ごく一般的な肉をせいぜい十数種類という人がほとんどじゃないかな。メキシコだけで五〇〇種の昆虫が食べられているのに比べたら、味の選択肢としてはずいぶんとお粗末。まるで「お子様向けメニュー」みたいなもの。

地球全体の生物の総量で見れば、その大部分を占めているのは昆虫。さまざまな環境で暮らし、一種類の植物だけを食べるように進化してきたものが多い。地球にはこれだけ多種多様な植物と生態系があって、そのひとつひとつに対応する昆虫がいるわけだから、そこにはめくるめく味の世界が広がっていることになる。

大まかにいうと、虫の味は少しナッツに似ていて、とくに焼くとそれが際立つ。これは、もともと虫の体内に含まれている脂肪が、ミネラル豊富な外皮のパリパリ感と口の中で混ざりあうせい。たとえばコオロギはナッツ風味のエビみたいだし、私が試した幼虫のほとんどはナッツ風味のキノコ味。大好物のワックスワーム（ハチミツガの幼虫）とハチの子（ミツバチやスズメバチの幼虫）は、それぞれナッツ風味のエノキダケとベーコン風味のアンズタケって感じ。

先日、ロサンゼルス自然史博物館で「虫料理コンテスト」が開かれたとき、私は二種類の幼虫料理で勝負した。まず一品目は、ワックスワームとヒラタケをソテーした「不思議の国のアリス」。審査員をしていたひとりの子どもは、マカロニ・アンド・チーズ〔訳注　ゆでたマカロニにチーズソースを絡めたアメリカの家庭料理〕みたいだって大喜び。もう一品の「ＢｅｅＬＴサンドイッチ」〔訳注　「ｂｅｅ」は英語でミツバチのことで、ここではハチの子を指している〕のほうは、本当にベーコンを使ったＢＬＴサンドのようだとほかの審査員から評価された。

ここで今さらながらお断りしておくと、この本では「虫」という言葉で陸生の無脊椎動物をすべてひっくるめています。つまり、六本足の昆虫だけでなく、クモやサソリなどのクモ形《がた》類もそこに含めているってこと。

というからには、クモ形類の味の話もしなくっちゃね。私の経験からいうと、クモやサソリの味は甲殻類（とくにカニやロブスター）に似ていて、それをもっとあっさりさせて少し土臭くしたみたいなものが多い。生物学的に見れば、虫と甲殻類は親戚なんだからそれも不思議はないんでしょう。とはいえ、同じ無脊椎動物でも、クモ形類のほうが海の親戚たちより明らかにまさっているところがある。それは餌の違い。サソリにしてもタランチュラにしても、ほかの食べられるクモ形類にしても、みんな生きた獲物をつかまえる。それにひきかえカニなんて、海底に沈んだ生物の死骸だって平気で食べちゃう。

さて、ここまでの例はまだほんの序の口で、ごくごくわかりやすい部類。ナッツ風味のキノコだの土臭い甲殻類だのといわれれば、たいていの人にはなんとなく想像がつくはず。でも虫の世界には、欧米人にはおよそなじみのない味もあるの。たとえばタガメ。あれはどうにも表現のしようがなくって。ある作家さんはタガメを初めて食べたあと、興奮さめやらぬ様子でこうおっしゃったんだそう。「この味にたとえわずかでも似ているものは、われわれの文化史のなかにひとつとして見当たらない」

生のタガメは青リンゴに似た目の覚めるようなにおいがする。体が大きいので、その肉は小さな切り身が取れるほど。味はといえば、バナナとバラの香りの塩水に漬けたアンチョビって感じで、ほろほろと身のほぐれる魚のような食感。デイヴ・グレイサーは、サイコロ状に切ったスイカの上に、よくタガメ肉のほんの小さな繊維をのせる。その程度のごく微量でも、口の中は香りでいっぱいに。タイ料理では、タガメのエキスがごく普通にソースに入れられているっていうのもうなずける。

味覚が保守的な人は、慣れ親しんだものに固執しがち。でも私みたいな人間なら、未知の味がひしめくこの神秘の宇宙を見て見ぬふりはできないはず。現に、世界でも指折りの食の冒険家たちがこの宇宙を真剣に探検しはじめている。

「ノーマ」はデンマークのコペンハーゲンにある話題のレストラン。イギリスの『レストラン』誌が選ぶ「世界のベスト・レストラン五〇」で、二〇一〇年にスペインの「エル・ブジ」を抑えて一位に輝き、その後も三年連続で首位を守っている〔訳注　二〇一三年は二位、一四年は一位、一五年は三位〕。こぢんまりした店で、海に面した古い石造りの倉庫の一角にある。見た目はレストランらしくないので、気をつけていないとうっかり通りすぎちゃうほど。それでも、ノーマで食事をしたいのに満席で断られた客が昨年一年間だけで一〇〇万人近くいた。

店の窓からはコペンハーゲンの街並みが見渡せる。私が訪ねたときも、教会の細い尖塔や幾何学的でモダンな建物が、薄紅色の夕空を背に黒々と浮かびあがっていた。そのあまりの美しさに、名物料理長のレネ・レゼピが奥から現われて素早く景色を写真に収め、自分にカメラが向けられないうちにまたひょいと引っこんだ。レゼピは二〇一二年に、『タイム』誌の「世界で最も影響力のある一〇〇人」に選ばれている。

一〇年前のコペンハーゲンは料理に関してほとんど無名の地だった。あるフードジャーナリストに「食の僻地《へきち》」と書かれたほど。つまり、トナカイの肉が大好物でもない限り、食を求めてデンマークを訪れる人などいなかったってわけ。ところが今では客が世界中からやって来て、「ニューノルディック・キュイジーヌ（新北欧料理）」を堪能する。この料理は、地域色を強く打ちだそうという食の運動の一環として誕生したもの。ノーマの共同設立者であるレゼピとクラウス・メイヤーが中心となって、それをこの地に開花させた。

レゼピのニューノルディック・キュイジーヌの考え方が世界中の食通の心をつかんでいるのを見て、シェフたちは競ってそのやり方を真似ている。じゃあ、それはいったいどんな料理なのか。恐れを知らぬ客たちが一品四〇〇ドルも払って食べているものは……ハナゴケのフライに干し草の灰、小枝、アリと海藻、などなど。とんでもない詐欺じゃないかっていいたくなるけれど、そこにはちゃんとした理念があるの。ノーマではいわば「自然から得た発想」を提供しているんだ、って。技術と伝統で自然を洗練して、皿の上に再現し、それを客が味わっている。

「ノーマの味は強烈で、万人向きではありません」。ダニエル・ジュスティは『ワシントンポスト』紙にそう語った。ジュスティは以前、アメリカのワシントンDCで「1789」というレストランのシェフをしていたんだけれど、今じゃレゼピ部隊の一兵卒として働いている。「このレストランには、ほかでは経験したことのない独特の雰囲気を感じます。レゼピに不可能はありません」

ニューノルディック・キュイジーヌの真髄は、「今ここにあるもの」と伝統の融合。その地域で、その季節に旬な素材を使うことを大事にしている。また、自然の面でも文化の面でも、その土地ならではの独自性を表現することを目指しているんだそう。

北欧では何百年も前から、発酵や酢漬けといった保存食の技術が発達してきた。それは一年のかなりの期間を暗くて寒い冬に閉ざされるから。食べ物に求められる条件は、日持ちがし、体を温めてくれ、しっかり栄養が摂れるものであること。それと同時に、光の差さない長い冬のあいだも刺激と活力を与えてくれるものじゃないと困る。塩、イースト菌、カビ、そして時間を利用することで、かなりのものが食べられるようになる半面、味もまたクセの強いものになる。

私がコペンハーゲンに足を踏みいれたのは一一月の初旬。だから、このことがなおさらよくわかる。ジャケットを二枚重ねてもすでにものすごい寒さで、手袋と厚手の帽子が手放せない。この地に来た目的はただひとつ。ノーマの研究開発部門「ノルディック・フード・ラボ（NFL）」を訪ねること。

なんてことのない素材を高級料理へと昇華させるのがレゼピの真骨頂。そのレゼピが二〇一二年の初めにひとつの問いを投げかけた。木の皮や枝、雑草などといった、食べられるかどうか怪しいものをノーマで出せるなら、この世で一番ありふれたものを使えないわけがないのでは？　つまり、そう、昆虫。

レゼピはNFLにその答えを探らせた。NFLはレゼピ自らが設立した非営利の研究所。

食材になるものとそうでないものの境界線を見極め、それをさらに広げるのがこの研究所の使命。以来、普通は食べる習慣のない動物や植物をいくつも試し、それを最高に美味しく提供するにはどうしたらいいかを模索している。

黒く冷たい運河の向こう岸には、小さな灰色のボートハウスが係留されていた。NFLはその中にある。ノーマと同じで外見は目立たず、近くに自転車が何台か停まっているだけ。ノーマとNFLについては数々の記事で取りあげられてきたけれど、昆虫食にまで手を広げたことを書いたものは少ない。

冷たい雨のなか、私は期待に目を輝かせ、朝早くにNFLのボートハウスを訪ねた。温かみのある黄色の四角いガラスが灰色の船体にきらめいて、まるで手招きされているみたいな心地よさ。料理人の職場だけあって、清潔で明々と照明がついている。私は船の入口に上がり、ガラスドアの前でうろうろしながら手を振った。

扉の向こうでは今風のおしゃれな男性が数人、真剣な面持ちで何かに集中し、それぞれが張りつめた空気を漂わせている。やがて私に気づくと、中に入れてくれた。まず迎えてくれたのが、真面目そうなミカエル・ボム・フレスト。NFLの所長を務めるかたわら、コペンハーゲン大学で「料理と健康」と題した講座の指導にもあたっている。次に現われたのは、快活なスコットランド人のベン・リードで、NFLの料理研究開発部門の新しいリーダー。続いて、タトゥーをして冷静沈着そうなラース・ウィリアムズ。この人はリードの前任者で、今はノーマの研究開発の責任者をしている。そして、目つきの鋭いジョシュ・エヴァンズは、実習生として「イェール大学持続可能食品プロジェクト」から参加していた。

この男たちが、世界一斬新な料理のアイデアを次々に考えては試している。船内は暖かかったので、私は雨で濡れた上着を脱いだ。ここは簡素だけど居心地がいい。デンマークの部屋ってこういう雰囲気のところが多い気がする。船内はデザイナーキッチンのようでもあり、実験室のようでもあり、気取らないながらも洗練された集会スペースのようでもあり。たくさんのビーカーやフラスコが、鍋やフライパンと共存している。ずらりと並んだ容器の中には、色も様子もさまざまなものが。ラベルを見てみると、「ビーツ」「パン酵母　11／09」「スイバ〔訳注　酸味のあるタデ科多年草〕」「赤ワイン」「カビづけした大麦02／07」などなど。最先端のそのまた先を行く食の頭脳集団には、いかにもふさわしい場所じゃない？

誰かがコーヒーをいれてくれた。ここでは何を勧められても断らないつもりでいたし、コーヒーだったら迷うまでもない。手渡されたのはブラックコーヒー。小さくて可愛い手づくりのカップに入っている。ミルクや砂糖はいかが、なんて聞いてこない。みんなそのまま飲んでいる。私も一口すすってみた。すごく美味しい。今思うと、ここでブラックにしておいたのは正解だった。おかげで頭のエンジンがかかって、そのあと食について一日中語りあえたから。なにしろ相手は、このテーマを世界の誰よりも考えぬいている人たち。アイデアを追求して形にすることに情熱を燃やし、それを料理で表わすんであれ言葉で表わすんであれ、表現の仕方にはとことんこだわる。

　私はみんなに、昆虫を未来の食料にしようという考えをどう思うか、と尋ねてみた。

「うーん、昆虫に限らず何かひとつが未来の食料になるとしたら、それは相当に暗い未来だなぁ」と、ベン・リードが愛嬌のあるスコットランド訛りで答えた。「ここでは多様性を大事にしています。だから昆虫にも興味をもっているんです。研究対象になる生き物であることは間違いありませんからね。食べられる生物の系統樹はちゃんと把握しているので、どの枝にも全部目を向けたいと考えています。昆虫もれっきとした食材のひとつなんだって、世間にわかってもらうことはすごく大切だと思いますよ。ただし、それがいきなり唯一絶対の食材になるのはまずい。だって、何か一種類だけが正しいなんてこと、あり得ませんよね？　そんな見方をするのは経済学者くらいなもの。経済学者が食に注目しすぎると、ろくなことになりません」

「大豆がそうでしたよね」と実習生のジョシュ・エヴァンズがいい添える。「大豆は大昔からいろいろな文化で利用されてきたし、正しく調理すればたしかにこれほど健康にいいものはない。ところが、大豆は絶対だからみんなで食べようとか、大豆は世界を救うとか、大げさに宣伝されたとたんにアマゾン川流域で大規模な森林伐採が始まったわけです」

「昆虫は未来を担う唯一の食料などではなく、今あるものに加わって食をおもしろくしてくれる存在だと私たちは位置づけています」。そう言葉を継いだのは、食品感覚科学（それが何かはわからないけれど）を専門とするミカエル・ボム・フレスト。「ヨーロッパの人に納得して昆虫を味わってもらうには、揚げたりタンパク質を抽出したりすればいいというものじゃありません。初めて虫を試す人のために、まずは敷居を低くしなくては。いきなりコオロギを出して『食べてみて！』といったって、九九パーセントは拒否されますよ。でも、本当に美味しく料理して、それを慣れ親しんだ場所で提供すれば、即座にはねつけられることはぐっと減るんじゃないでしょうか。それがすごく大事だと思うんですね。そこを出発点にして先に進めますから」

シンガポールがいい例だとミカエルは指摘した。シンガポールには、下水を処理して再利用するろ過システムがある。トイレの水を飲むの？　っていいたくなるけれど、実際には水は一〇〇パーセント安全で、口にしてもなんの問題もない。つまり、たとえ不快に感じる面があっても、社会のニーズはどうにかしなくちゃいけないってこと。

ミカエルは続ける。「昆虫食を広める手段を考えるなら、『美味しさ』の切り口から攻めたいですね。『環境に優しいから』とか『体にいいタンパク質だから』といって勧めるんじゃなく、『美味しいから食べて』って」

ここＮＦＬでは、「美味しさ」についてじつに真剣に意見が交わされる。虫を食べることに関しても喧々諤々《けんけんがくがく》の議論が始まった。理念先行ではなく味先行のアプローチでいくにはどうすればいいか。「何それ?」じゃなくて「どんな味?」とまず聞かれるようになるには何が必要か。食べられるものである限り、嫌われているっていうだけで論外だと片づけるなど、この人たちにはあり得ない。

「だって、素材自体が不快だなんてこと、ありませんからね。そんなふうに考えるのは食に対するファシズムですよ」とベンはいい切った。

私はミカエルとジョシュに連れられて海岸に向かう。タマキビガイや小エビ、それから「ストランドホッパー」を探しに。ストランドホッパーとは、デンマークの呼び方でハマトビムシのこと。私たちはこれから水生の無脊椎動物を捕りに行く。

道すがら、食品感覚科学とはどんなものかを教えてもらった。ミカエルの仕事は味覚テストの結果を科学的に分析し、体によくて味もいい食品を開発するのに役立てることだという。これまでにミカエルは数々の成果をあげていて、なかでも特筆すべきは牛乳についての研究。牛乳を飲んで満足を感じるためには、最低でも〇・五パーセントの脂肪分が必要なことをデータで示したの。今では、デンマークで販売されている牛乳の四割がその条件を満たしている。

「ごく普通の食品について、栄養と味のバランスが一番いい『スイートスポット』を探す研究なんですよ」。ミカエルは瞳を輝かせた。自分の仕事に情熱を傾けているのがよくわかる。

人けのない美しい浜辺の景色に私は心を奪われた。エーレスンド海峡のキラキラ光る波が、アマー島海浜公園の岸辺に優しくうち寄せる。この公園は二〇〇五年に誕生した人工島。市街地からは地下鉄で行ける。

色とりどりの海藻がリボンのように絡まり、波打ち際に点々と連なっている。まるで、散らかしたまま忘れられた誕生会の飾りみたいに。もうすぐ冬。さすがに今日はここでパーティーは無理ね。ときおり太陽が顔を出しても、気温は四〜五℃しかない。私たちのほかには、犬を連れて散歩する地元の人がときおり通るだけ。

ミカエルとジョシュははしゃぎながら、アーミーグリーンの大きなウェーダー〔訳注　胸まである長靴〕を引っぱり上げた。こういうときのためにわざわざ買ったんだそう。水はどれくらい冷たいのか、夏になればみんなここへ泳ぎに来るのか、と私は尋ねた。誰もいないこの浜辺に、人と喧騒があふれる光景を思いえがこうとする。でも、今はただ風が吹いて砂が広がるばかり。

「泳ぎに来る人は一年中いますよ。デンマーク人はクレイジーだから」。ジョシュは笑った。

ふたりはそれぞれ網を手に取る。ミカエルの網はすごく大きくて、人間でもつかまえられそうなくらい。ジョシュの緑色のはそれより小さい。ふたりは波をかき分けて海に入っていく。エーレスンド海峡の冷たい水がすぐにふたりの腰のあたりまで来た。水が澄んでいるので、小さな獲物でも狙いやすいんだとか。

青みがかった鉛色の海は波立ち、空へと溶けていく。その空を、山の連なりのような大きな雲がうねりながら通っていった。デンマークの空は広く、光は数分ごとに変化する。食を究める学者でもあり漁師でもある男たちが、空と海とのはざまに立って、果てしない青の広がりから食材を集めている。その光景に、私は夢中でシャッターを切りつづけた。沖合に並ぶ白い風力タービンがまた、構図を申し分のないものにしている。それにこの風車は、ふたりがしていることとまったく無縁というわけでもない。コペンハーゲンは二〇二五年までに、世界初のカーボンニュートラル〔訳注　二酸化炭素の排出量と吸収量が同じである状態〕な都市となることを目指している。本当にデンマーク人ってクレイジー。

「どんな調子?」と私は呼びかける。ふたりは厚いゴムのウェーダーに守られ、波が穏やかなのも幸いして、かなり遠くまで行っていた。にっこり笑ってこちらに手を振る。

獲物を抱えて先に戻ってきたのはミカエル。膝をついて、くすんだ緑色の海藻のかたまりをバケツの中で揺する。すると巻貝やら小エビやら、小さくてすばしこいストランドホッパーやらが落ちてきた。

どういう文脈で料理を出すかは、皿の上の食材に劣らず重要なのだとミカエルとジョシュはいう。どうやら、味を語るときには哲学や科学を織りまぜるのがＮＦＬ流らしい。

みんなこういう言葉遣いが体にしみ込んでいる。

「五感をすべて使った経験ができるのは、ものを食べることだけなんですよ」とミカエル。「文脈のない絵画なんてものが存在しないのと同じです。どんなに前衛的なギャラリーにだって、白い壁がありますからね」とジョシュ。「そこにさらに質感とか、照明とか、かもし出す雰囲気といった要素が加わるわけです。それと同じで、文脈のない味というものもあり得ないんですよ」

潮風が頬を叩き、髪を乱す。波が下向きに巻きこみ、砂に当たって静かに砕けた。海藻の束の中にひそんでいたクラゲは、澄んだ水面《みなも》が波打つのにつれて前へ後ろへと揺れている。雲が厚くなり、広く青い空をヒツジの群れのようにゆっくりと進んでいく。ジョシュが砂の上を走って行き、ビーチマスタードという珍しい植物を両手いっぱいに抱えて戻ってきた。私は紫色の花をつけた茎をつまんで、かじってみる。まるで華奢《きゃしゃ》なブロッコリーみたい。潮風が塩味を効かせている。

ミカエルがバケツの中から小エビを取りだした。細長くて、ほとんど透明。前章で紹介したリサ・シンプソンの言葉じゃないけれど、うん、たしかにエビもバッタもたいして違わない。

「最近ノーマでは、生きた小エビを氷にのせて、焦がしバターのソースを添えて出しているんですよ。みんな『うわっ』ってなりますけどね」。ジョシュはくすっと笑う。「料理として受けいれてもらえるかどうか。あわよくば美味しいといってもらえるかどうか。今はまだぎりぎりの線ですね」

「こいつは生きたままいけますよ。ほら、ノーマに来たつもりになって」とミカエルが促す。

不思議と抵抗はなかった。この文脈ではなおのこと。エビは痛いだろうかとか、そんなことも気にならなかった。どうせ噛んだとたんに事切れてしまうんだし、海で暮らしていればエビだってどんな目に遭うかもわからない。人間に食われて死ぬのもなかなか立派な最期でしょう。そういえば、この生きたエビ料理についてレゼピがこんなことを語っていた。「エビの味は海の状態によって日々変わる。それを食べることは、その日の海を味わっているようなものだ」って。

この日の海は甘くて柔らかく、ピチピチしていた。それと、うまく表現できないけれど、どこか弾けるような鮮烈さがある。日本の人たちが熱く語る「生きのよさ」っていうのはこのことなのかもしれない。

研究所に戻り、捕ってきた巻貝をゆでる。待つあいだ、ジョシュにいざなわれるままキッチンをめぐるつまみ食いツアーへとくり出した。まずは、バッタを発酵させたガルムを味見してみる。ガルムとは魚醤《ぎょしょう》の一種〔訳注　本来は小魚の内臓を使う〕。バッタ・ガルムには複雑な香りがあって、何匹分ものうま味が凝縮されていた。次はハチの子シリアル。

翌週に催される朝食会のためにジョシュがつくったもの。サクサク感とクリーミーな香ばしさが一度に広がる。これは美味しい。

巻貝はすぐにゆであがった。口に入れるとあっさりしていてみずみずしく、身が締まりすぎたエビみたいに歯ごたえがある。ほかにもいろいろな無脊椎動物をここで味わったけれど、ひとつとして不快なものはなかった。むしろ正反対。その正体を知らなければ、なんの疑問も抱かないはず。しゃれた名前をつけて高級レストランのメニューに載せたら、みんな普通に注文するに違いない。

結局私はノーマのディナーを味わわずにコペンハーゲンを去ることになる（このレストランは何か月も前から予約が必要なの）。けれど、この日交わした会話を噛みしめるだけで、これからも進みつづけるエネルギーになる気がした。人の考えを聞くことが、十分な滋養になることだってある。

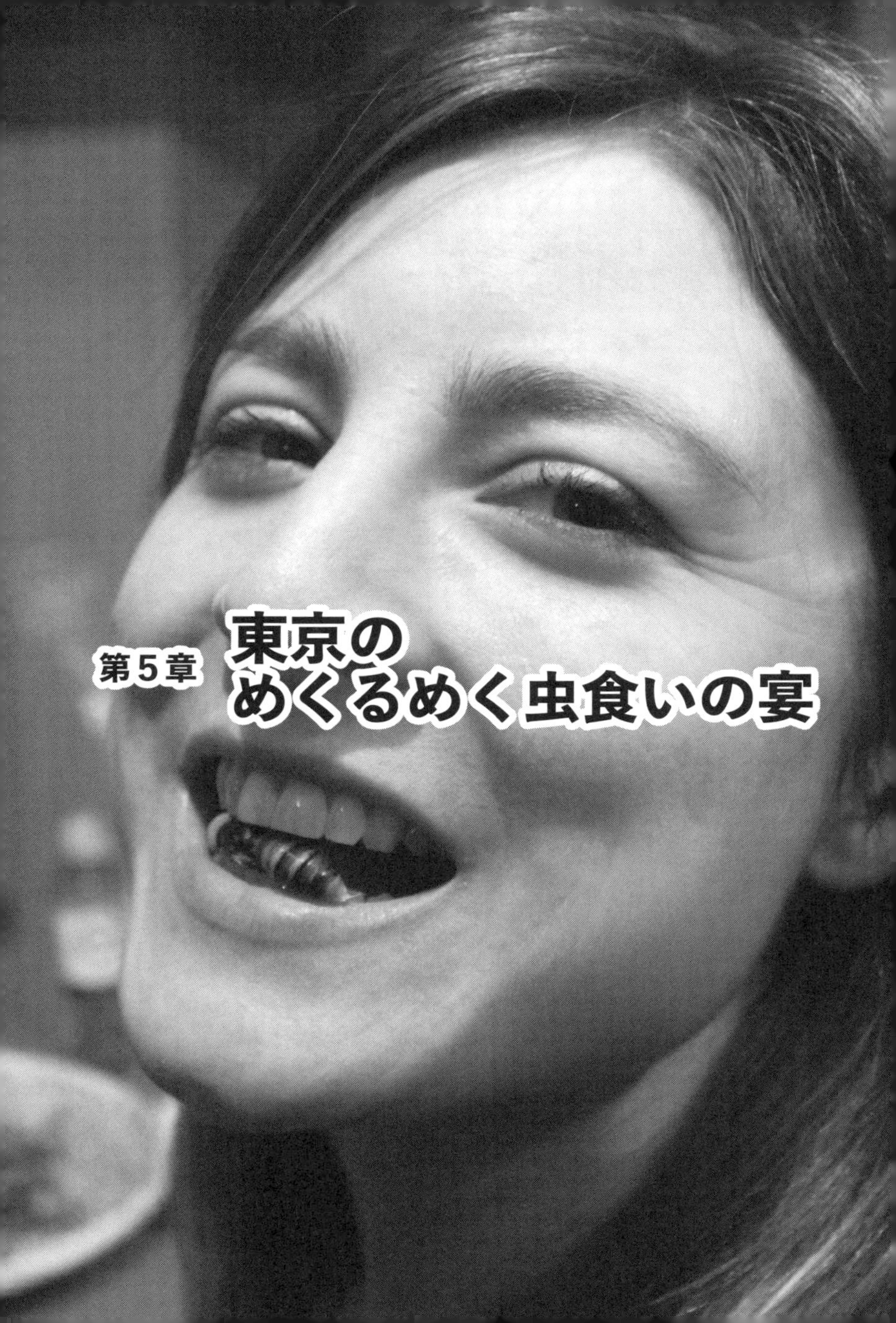

第５章 東京のめくるめく虫食いの宴

ここは東京。そして私は焦っている。

日本じゃ「約束の二〇分前に来なければ遅刻」なんだとか。やばいことに、私は一五分近く遅れていた。日本的に考えたら、次の日まで待たせているようなもの？　急行に乗ったらうっかりひと駅手前で降りちゃって、次の各駅停車が早く来ないかとこうして時計をにらんでいるところ。

じつは子どものころ、東京に住んでいたことがある。九歳のときに父の会社が東京に支社を開いたので、一家で引っ越してきたの。だから、クモの巣のような鉄道路線図にはけっこう見覚えがあったのに、それでもやらかしちゃった。それに、自分が遅刻するだけならまだしも、東京の小学校で同級生だった馬場ミキコにまで待ちぼうけを食わせている。風変わりな虫パーティーにつき合ってほしいと頼んだのは、この私なのに。

ミキコは今日の虫料理のつどいで通訳を務めてくれることになっている。でも、虫なんて見るのもごめんだといっていて、食べることになりそうな虫の写真を携帯電話の画面に出したら天を仰いだ。

「もういい、わかったから」。まるで虫でも追いはらうように手を振る。「とにかく行こう」

私たちが向かうのは、昆虫料理研究会が主催する「昆虫食のひるべ」。「よるのひるね」という名の小さな店を借りて、二〇〇六年からほぼ毎月一回開かれている。世界的に見てもこの種の集まりのさきがけ的な存在であり、最も人気があるもののひとつ。会の発起人は内山昭一氏。昆虫料理の研究家で、これまで昆虫食をテーマに二冊の本を書いている。一冊は昆虫料理のレシピ本、もう一冊はもっと昆虫食全般を取りあげたもの〔訳注　二〇一五年に三冊目の単独著書あり〕。

内山さんは電気工学の技術者として富士通に勤めていた。でも、「本に囲まれて」過ごすのが自分本来のあり方だと考えた。ロシア文学が大好きで、しばらく翻訳家として生計を立てていたことも。よるのひるねのオーナー門田克彦氏は内山さんの友人。ともに本好きで歴史好きだったことから気が合った。

よるのひるねは阿佐ヶ谷にあるカフェバー。薄暗くてレトロな味わいをもち、居心地のいい素敵な空間が広がる。たくさんの本と独特の空気。板張りの壁に沿って古いレコードが並び、プレイヤーからは一九六〇年代のラウンジミュージックが流れてくる。木のカウンターが途切れた奥の壁では、小ぶりのテレビが音を出さずに相撲中継を映していた。この店ではいろいろな時代や文化がうまく溶けあっている。目を見張るようなマンガのコレクションが置いてあるかと思えば、小さな椅子と低いテーブルを囲むように外国語の本が。誰もがここで何かに出会い、不思議な雰囲気にひたりながらくつろげる。

「山の中」という意味の苗字をもつ内山さんは長野県で生まれ育った。長野は日本屈指の山岳地帯。古くから海沿いの地域とのつながりが薄く、独特の食習慣、とくに昆虫を食べることで知られている。その地理的条件を考えれば、虫が好まれるのも無理はないかも。沿岸部なら魚からタンパク質を摂ればいいけれど、山に囲まれた内陸部では地域で手に入るものでどうにかするしかない。長野では今なお年配の人たちが、地蜂せんべい（地蜂を混ぜこんで焼いたせんべい）をつくるために地蜂捕りの会に加わっている。

内山さんが初めて虫を味わったのも、長野で過ごした少年時代のこと。かつて長野では養蚕《ようさん》と生糸産業が盛んで、内山さんの祖父はよく「サナギどんぶり」を食べていた。これは、煮つけたカイコのサナギと野菜をご飯にどっさりのせたもの。「食え」とおじいさんはしきりに勧め、箸で茶色いサナギをつまんだ。「栄養があるぞ」

祖父の言葉が改めて心に響いたのは、それからほぼ四〇年が過ぎたころ。一九九八年に内山さんは「世界の食べられる昆虫展」というイベントに出かけてみた。

「アフリカや南米の人たちが昆虫をつかまえたり、美味しそうに食べたりしている写真がありました」と内山さんはふり返る。写真を見ているうち、子どものころの記憶がよみがえった。昆虫は食べ物として現にこうして世界中で愛されていて、けっして自分の故郷だけの特別な風習じゃなかったんだ。内山さんはこうして昆虫食の世界へと目を開かれていったの。

その後、仲間と長野での虫食の話をするうち、じゃあちょっと土手に行ってバッタでもつかまえてみようということに。捕ったバッタはさっそく素揚げにしてみた。

「美味しかったんですよ、これが。意外にもね」。内山さんは笑った。

それからはもっといろいろな調理法を試しはじめる。奥さんも長野の出身で、レシピのアイデアを出してくれた。

「でも、妻はどうしてもゴキブリを食べようとしなくて」

気持ちはわかります、と私は返した。私も大好きってわけじゃない。

「まあ、あとのお楽しみ」と内山さんは微笑む。

二〇〇六年、内山さんとよるのひるねのオーナーは、この店で昆虫食の会を開いてみようと考えた。第一回に集まったのは三〇人。これは大当たりだと思い、続けていくことにする。内山さんはブログで会のことを宣伝したり、中央線沿線の町に案内のチラシを貼ったりした。「この路線はおもしろい人が大勢利用していますからね」

この日の「昆虫食のひるべ」に参加したのは男女が半々くらい〔訳注　著者が参加したのは二〇一三年一月二〇日の会〕。若い人が多いものの、最年少と最年長では四〇歳の開きがある。エンジニア、学生、プログラマー、車のセールス、生物学者、歯科技工士、護身術の専門家など、じつに多彩な顔ぶれ。ボロボロのジーンズを穿《は》いた人もいれば、ミニスカートや着物姿の人もいる。

内山さんは以前、東京のサブカルチャーを紹介する英語ブログ「トーキョー・スカム・ブリゲード（東京ゲス軍団）」のインタビューで、こう聞かれたことがある。「草食系男子がおとなしくて、肉食系男子が攻撃的なら、虫食系男子はどんなです？」

「食に対するタブーがなくて、新しもの好きで、健康的な暮らしを重んじる、といったところでしょうか」と内山さんは答えた。

店内はいかにも日本らしい助けあいの精神にあふれていた。料理はすべて協力してつくられ、配られていく。私の夫も店の前の狭い道に駆りだされ、ご飯を餅状に固めて焼くのを手伝っている。私はといえばただうろうろしながら、みんなの作業を眺めていた。

最初に回ってきたのはイラガの幼虫。サナギになる直前の休眠状態のものなんだとか。ウズラの卵のような、まだら模様の小さな繭に収まっている。渡してくれたのはノボルさんという背の高いやせた男性。黒地に桜の刺繡《ししゅう》の入った派手なセーターを着ている。その繭は「森で」見つけたんだそう。繭を歯で割って、中の幼虫を生のまま食べる。繭に守られていたので、寄生虫がついている可能性は低い。繊細で、ナッツのような風味があって、ほのかに甘い。可愛い殻の中で眠る、柔らかい小さな宝物。

そのころ、桃色の着物にクモの巣柄の帯を締めたサチコさんとその友人が、店の隅のほうで「変わり栗きんとん」をつくっていた。栗きんとんは新年のごちそうで、普通はサツマイモと栗の甘露煮を使う。ふたりはサツマイモの皮をむいて刻み、電気コンロに鍋をのせてゆでている。それからサチコさんが取りかかったのが、青い皿に山と盛られたタガメ。料理用バサミで硬い外骨格を巧みに切りひらいて、香りのいい肉を取りだしていく。次に、煮えたサツマイモをつぶし、みりん少々とタガメの肉を混ぜこむ。それを食べやすい大きさに丸めて、上には栗の代わりにツムギアリの卵を飾った。できあがったものを小さな紙カップに入れて、お盆に並べる。私は待ちきれず、すかさずひとつ失敬した。

間違いない。今までに食べた虫料理のなかで一番美味しい！　ほんのりタガメのエキスが香るみりん風味のサツマイモと、口の中で弾ける軽くてさわやかなアリの卵。まさに極上の組みあわせで、もうすっかり夢見心地。掛け値なしに美味しくて、掛け値なしにエキゾチック。それに、私には特別な思いも湧きあがってきたの。日本で過ごすという一風変わった自分の子ども時代と、虫を愛する突飛な現在とが、口の中で混ざりあって溶けていくみたいな気がして。

次に登場したのは、きれいなピンク色のカマボコを薄く切ったもの。味つけしたマヨネーズ少々をのせ、そこにカイコの佃煮をトッピングしてある。カイコは塩辛くて噛みごたえがあるので、淡い魚の香りがするカマボコのシコシコ感と絶妙にマッチ。鮮やかな紅白のカマボコは、日の出を表わす新年の縁起物。

続いて、炒ったイナゴがチーズに埋もれたみたいなのが出てきた。これがまた、びっくりするほど美味しくて、おつまみにぴったり！　うん、見た目以上に納得の味。

店の外では、何人かが穏やかに微笑みながら火を囲み、棒に刺した餅をあぶっていた。炎が白い餅をなめるのを見つめながら、ぼそぼそと話している。通りすがりの人たちにはおなじみの伝統的な食べ物。でもまもなくこの上に、ハチの子入りの甘い味噌だれがたっぷり塗られるなんて、知る由もないでしょうね。

できあがると、全員が一本ずつ取って舌鼓を打った。なんとミキコまで。これはたぶん、今までに味わった虫料理のなかで二番目に美味しい。甘い味噌だれはいうことなしで、ハチの子のクリーミーなナッツ風味がコクを添えている。

三橋淳著の『世界昆虫食大全』（八坂書房）に、昭和天皇はハチの子飯が好物だったと書かれている。昭和天皇はすい臓を手術したあとに食欲が落ちたんだけれど、ほかの料理には手をつけなくてもハチの子飯だけはきれいに食べることが多かったんだそう。これは、ハチの子が体にいいとされているせいもある。

「ハチの子はタンパク質が豊富なうえに、ビタミンB群と鉄分を一般的な食品の一〇倍含んでいる。したがって、血液生成を促すと考えられる」と三橋は『食用昆虫ニュースレター』の一九八八年一一月号で記している。「古い中国の薬局方《ほう》〔訳注　重要な医薬品について、性状、品質、製法その他の基準を国家が定めた文書〕にも、ハチの子は内臓疾患に効き目があり、継続的に摂取すれば若さを保てるとの記載がある」

私はこれまで、プロのシェフが手掛ける虫料理もたくさん味わってきた。メキシコ風にアメリカ南部風、それからオランダ風も。どれも素晴らしかったけれど、日本の虫料理ほど美味しいものには一度もお目にかかったことがない。もちろん、昔ここで暮らしていたから日本食になじんでいるというのもあるでしょう。でもそれだけじゃない。日本人はその見事なバランス感覚で、素材そのものの持ち味を生かしながら繊細な味つけをする。だから、かりに醤油やワサビ、ショウガといった限られた調味料だけを使ったとしても、どれも少しずつ味わいが違って、しかもハズレがほとんどないの。

あのミキコまでもがそう思ったみたい。虫の写真も直視できなかったのに、とうとうカイコをごくりと飲みこんだ。そのときのリアクションったら！　ああいう愛らしい仕草は日本の女性にしかできないのよね（幼い私は必死で真似しようとしたっけ）。ミキコは虫を口に入れていても可愛く見えた。

会がお開きになったあと、何人かでさらに青山の秘密の会合に向かう（ミキコはピラティスのインストラクターの仕事があるので来られなかった）。

今度の場所もさっきと同じでなかなかしゃれている。アンティークのタンスの上には、年季の入ったターンテーブルがいくつか。床には黒くて低い木製の長テーブル。赤い大きなカウンターからは、床から天井まで届く窓ごしに通りが見下ろせる。この秘密の二階で食の異端児たちが何をしでかそうとしているのか、道行く人には想像もできないはず。

それはまさに夢が叶ったひとときだった。中に入るといくつもの深皿が目に飛びこんできて、そこには想像を超える量の虫たちが。テレビ局の取材まで来ていた。スズメバチ入りのウォッカとクモ入りのリキュールが配られ、低いテーブルに虫のごちそうが次々と置かれていく。ちっちゃなカマキリ、色鮮やかで大きなコガネグモ、ジャイアントミールワーム、若いマダガスカルゴキブリ、小ぶりな茶色のセミ、恐ろしげな姿の黒いザザムシ（長野で食用にされる水生昆虫の幼虫の総称）。

なかでも気に入ったのは、黒いサクラケムシ（モンクロシャチホコガの幼虫）をゆでて砂糖でコーティングしたもの。名高い日本の桜の葉を食べて成長するだけあって、甘くて美味しい。口に入れているとピンク色の花が目に浮かぶ。

虫は植物油で素揚げにしたものが多かった。すると参加者たちは、プラスチックの型押し器にご飯を詰めて「にぎり」をこしらえ、揚げ昆虫をのせていく。じつは私が初めて働いた場所は寿司レストラン。かの有名な内山さんの「虫にぎり」の写真も見ていたので、早く味わってみたくて仕方なかった。色も形もさまざまな虫にぎりがずらりと並んだ皿は、まさに壮観。感動もの。

揚げたゴキブリは、今まで食べたなかで一番美味しかった。内山さんのいったとおり！どうやったのかはわからないけれど（日本食マジックだと思う）、普通は硬いはずのゴキブリが軽くてパリパリしていて、ワサビを少しつけたご飯とすごくよく合う。

丸くて大きいのは揚げたコガネグモ。これはまた全然別物。噛むと口の中が少しヒリヒリして、強いアルコールを飲んだあとみたいなしびれが残る。それに、うまい言葉が見つからないけれど、なんとも「虫っぽい」味が。たぶん餌のせいかな。ゴキブリはたいていベジタリアンなのに、コガネグモはといえば……そう、しっかり虫を食べている。腹に収めていたハエやらカやらの味が強く感じられて、あんまり気持ちのいいもんじゃない。

そのとき、内山さんが特大のスズメバチの巣をもって来た。

日本にはオオスズメバチという、世界最大級で非常に毒性の強いスズメバチが生息している。体長は三～四センチ。毒針は長さが五～六ミリあって、その強力な毒は人間の肉をも溶かすほど〔訳注　タンパク質分解酵素が含まれているため〕。日本では毎年数十人が刺されて亡くなることから、フグやヘビやクマをもしのぐ最も危険な生物とされている。

オオスズメバチの特徴はそのスピードと持久力。幼虫の餌を求めて、時速四〇キロほどで一日に一〇〇キロ近くも飛ぶことができる。成虫は小さな昆虫を捕らえて噛みくだき、それを「肉団子」にして幼虫に与える。ところが、成虫は食道が狭いので自分では肉団子を食べない。科学者の阿部岳《たかし》博士はこれに目を留めた。なぜ食事もせずにあれだけのスタミナとエネルギーが出るんだろう？

研究を重ねた結果、肉団子を食べると幼虫が体液を分泌し、それを成虫が飲んでいることを発見する。体液を分析したところ、二〇種類のアミノ酸のうち一七種類が豊富に含まれていた（ほぼすべての必須アミノ酸プラス数種類のアミノ酸）。成虫がこの液体を摂取すると、腹部に蓄えた脂肪がなんらかのメカニズムで燃焼し、それが燃料になるんじゃないか。博士はそう推測した。阿部は液体を「スズメバチアミノ酸混合物（Vespa Amino Acid Mixture）」と名づけ、これを合成した「VAAM（ヴァーム）」という商品も開発している。マラソンのオリンピック金メダリストで、元世界記録保持者でもある高橋尚子は、自分の強さの秘密はこのドリンクにあると語ったとか。

その宣伝文句が本当だろうとなかろうと、やっぱり食べたい、早く食べたい。

内山さんが巣の中から、箸で大きな白い幼虫を一匹つまみ出す。

「ハリボーみたい！」テレビ局の男性レポーターが叫んだ。つまりグミみたい、ってわけ。それはいえている。私が夢中で幼虫に手を伸ばし、ポンと口に入れたもんだから、テレビ局の面々はあっけにとられた。うーん、クリーミーで新鮮で、まるでカスタード風味のお刺身って感じ。「オイシイデス」と私は微笑む。

「美味しい!?」みんな、信じられないといった顔。たぶんこの人たちは、欧米人がありとあらゆるおかしなことをするのを見てきたけれど、スズメバチの幼虫を喜ぶ人間にはお目にかかったことがないんでしょうね。

パーティーが盛りあがってきたころ、私は化粧室に向かった。化粧室専用のスリッパが置いてある。出てくると、中学のときに同級生だった林リカが到着したところだった。リカは今、中国でドキュメンタリー映画を製作している。なのに今夜の第二部のために通訳をしに来てくれたの。ありがたい。だって、知りたいことが山ほどあったから。あんまり嬉しくって、リカと抱きあって歓声を上げた。

「で、これはいったいなんのパーティーなわけ？」と私。「さっぱりわからなくって」

リカはすぐそばにいた人に確認する。「へえ、あなたの歓迎会ですって。すごいじゃない、スターみたい」。ウィンクしながら私の脇腹をひじでつつく。

そのとき、トイレ用のスリッパを履いたままだったことに気づいた。じゃあ、もう何分もトイレのスリッパでパーティーに参加していた？　いやだ、便座のシートペーパーをスカートにくっつけて出てきちゃったくらいに恥ずかしい。私は真っ赤になってまたトイレに駆けこむ。リカは死ぬほど笑っていた。

戻ったところへリカがつぶやく。「そういえば昔も校庭で虫を食べてたよね。もうあのころから『ただのタンパク質だよ』っていってたっけ」

私は腰を抜かすほど驚いた。まったく覚えていない。自分の変なところはうまく隠しおおせていたつもりだったのに。リカは首を振り、こともなげにいい放った。

「こんなことになっても、誰も驚かないよ」

そうね、虫食い魂、百までも。

第6章 虫食い天国、東南アジア

郷に入っては郷に従え。とりあえず自分にそういい聞かせながら、私はバイクの後部座席に必死でつかまっていた。金曜の夜、タイのチェンマイの混みあった道路で、バイクは車のあいだをすり抜けていく。

ハンドルを握るのは友人のベン・プラット。「アメリカに戻ったら心配だよ」とベンは騒音に負けない声で叫ぶ。「違反切符を山ほど切られるな。ここじゃやりたい放題、好き放題だから。交通ルールなんて、あって無きがごとしだ」

ベンが以前つき合っていたリーナ・チェンは、プリンストン大学に「環境面から昆虫食を考える同盟（Environmental Discourses on the Ingestion of Bugs League）」、略してEDIBL《エディブル》を立ちあげた〔訳注　「食べられる」という意味の「edible」とかけている〕。初めてリーナに会ったときのことをベンはこう振り返る。「みんなと同じことをいっただけ。『めちゃくちゃ気色悪い』って」

ある晩、リーナはベンの部屋で勉強していてソファでうたた寝をした。パソコンは開いたままで、そこには昆虫食に関するページが。ベンは目を通しはじめた。何時間かしてリーナが起きたときにも、まだ次から次へと食用昆虫の記事を読みあさっていた。

「こんなおもしろいものは初めてだって思ったよ」

以来、昆虫食への情熱が日増しにふくれ上がっていった。そこで、自分の大学にもEDIBLをつくろうと決める。学生評議会が異議を唱えると、ベンは負けじと応戦して最後にはうんといわせた。食用昆虫を使った大きなイベントも主催し、その模様は『ブルームバーグ・ビジネスウィーク』誌に取りあげられた。今じゃ世界数か国にEDIBLがある。

リーナが卒論のテーマに昆虫食を選んだので、ふたりはリサーチのためにタイを旅して回ることにする。そのときベンはこの国に惚れこみ、一年後の卒業とともにこちらへ移り住んだのだった。

この夜、ベンと私が向かうのはナイトウォーキング・マーケット。もちろんお目当ては、屋台で売られている虫。「ナイトウォーキング」の名のとおり、止まっては歩き、止まっては歩きしながら、ざわめく人混みに身を任せて浮草のように漂うのがこの夜市の魅力。

私はベンのショルダーバッグのストラップにつかまった。

ベンの隣の家に住むスチュが合流する。スチュにはディアというタイ人のガールフレンドがいる。ディアの家では何度となく虫を勧められ、初めてのときはあんまり体調がよくなかったので断ったらしい。

スチュはそのときのディアの母親の口真似をする。『どうしたの？　どうしてだめなの？　あら、パンしか食べないの？』」

二度目には、高齢の元気な祖父が出てきて大きな揚げバッタの頭を食いちぎり、残りをスチュに差しだした。

「おじいちゃんには逆らえないからね」とスチュは笑う。結局、とりたてて気に入りはしなかったんだそう。「サクサクしているだけ」と肩をすくめる。

私たちがマーケットに来た目的はふたつ。揚げた虫と、ツムギアリの卵入りオムレツを食べること。ツムギアリは乾季にしか味わえない（タイの気候は雨季と乾季に分かれている）。今はツムギアリの捕れる乾季であると同時に、絶好の観光シーズンでもある。

ツムギアリはマンゴーの木に巣をつくる。そこなら天敵からも守られるし、ときおり雨が降っても地中の巣みたいに水浸しになることがない。ツムギアリは力を合わせてマンゴーの葉を折りまげ、葉同士をくっつけて丸くカーブした家をこしらえる。で、そのやり方がすごいの。一匹じゃ手の届かない遠くの葉っぱを使いたいときには、アリ同士が鎖のように長くつながって引っ張るっていうから、はっきりいってウソみたいな話。そのときは相手の胴のくびれたところを次々につかんでいく。葉と葉を綴《と》じるときがまたびっくり。別の働きアリが幼虫を運んできて、幼虫の体を触角でなぜて絹状の糸を吐かせ、その糸で葉と葉を縫いあわせるようにしていくの。

ツムギアリはものすごく攻撃的で、自分たちの巣が危ないと思うと相手かまわず激しく噛みつく。なので東南アジアの農家では、ツムギアリを天然の農薬として西暦四〇〇年ごろから害虫駆除に利用してきた。もちろん、うかつに近寄っちゃいけないこともみんな知っている。

農家では、果樹の木から木へとロープを渡してツムギアリの通り道をつくってやる。ロープは高速道路のようなもの。巣と巣を結び、地上の天敵や障害物からアリを守る。しかも、農家ではツムギアリに餌や水までやっているところが多い。このアリに目を光らせてもらっていれば、葉が害虫の被害を受けることが圧倒的に減る。結果的に、アリのいない木よりも良質な実がなりやすいってわけ。

もっとも、ツムギアリは農家のお情けだけに頼っているわけじゃない。自力でもしっかり報酬を取りたてている。何かって？　いろいろな植物にアリマキ（樹液を吸う虫）のコロニーをつくってやって、アリマキが体から出す甘い分泌物を「搾取」するの。いわば農場の中に農場があるみたいなもの。農家は木から木へとロープを結んでツムギアリを利用する。そしてツムギアリは農家の植物でアリマキを飼って、その大事な「家畜」を脅かす生物を攻撃する。

米みたいに、湿潤な気候に適した作物の栽培が盛んな国では、乾季のアリの卵がタンパク質やグルコサミンなどの貴重な供給源。ほかのアリは、防御のために刺激の強いギ酸を出すけれど、ツムギアリが分泌するのは酢酸。お酢に含まれているのと同じだから、ヒトにもサルにも、どんな動物にも口当たりが優しい。

手間をかけた見返りを農家が回収するときには、先のとがった竹竿に袋をくりつけてアリの卵を収穫する。まず、マンゴーの葉でできた巣の底に竿を突きさして穴を開け、巣を揺すって中身（卵もサナギも成虫も何もかも）を袋に落とす。当然ながら働きアリは烈火のごとく怒るので、噛みつかれないようにしばらく袋から離れる。当初の大騒ぎが収まって成虫の数が減ったら、袋の中身を浅い鍋へ。そして再び遠巻きにして見守り、成虫が頭から湯気を立てながら散り散りになるのを待つ。あとに残るのは、豆粒のような白い卵とサナギが鍋にいっぱい。何がなんでも赤ちゃんを死守しようと、テコでも動かない成虫もわずかながらいるので、それは手でとり除く。あとは一切合財を袋詰めにして、生きたまま市場で売るの。

私たちは人混みにもまれながらマーケットを歩いた。ときどきメインの通りを離れては、脇道を探る。ちょっとアリにでもなった気分。そうこうするうち、ひょっこり寺院の庭のようなところに出た。そこにはオムレツを売る屋台が。

店主は直火の焼き網の上に、緑色のバナナの葉でつくった小さな箱型の容器を並べる。それぞれに溶き卵をすくって入れ、アリの卵かハチの子か好きなほうをトッピングしてくれる。つまり見た目は、緑の箱に黄色いものが入って、その上に白い小さな粒がのり、黄色いものの中に半分沈んでいるってわけ。焼きあがるのを待つあいだ、私たちはおしゃべりをした。

ベンが教え子を見かけて手を振る。なんだか行く先々で生徒に出くわすみたい。「ぼくは『ワイ』を返さなくてもいいことになっているんだ、先生だから」。ワイとは、手を合わせてお辞儀をするタイ独特の挨拶のことで、相手への敬意を示すために行なわれる。「あれはどうも決まりが悪くって」とベンはぶつぶついいながら、不満げにワイのしぐさを真似てみせた。

店主が大げさな身振りでオムレツをよこす。小さな葉っぱの舟に乗った二種類の卵。火からおろしたばかりで、まだ煙が上がっている。アリの卵はほのかに酸味があり、少しレバーに似た風味もした。実のみっしり詰まったブドウみたいに、小さなツブツブが口の中で弾ける。味はまあまあかな。これまでに食べたオムレツのなかで、最低じゃないけど最高でもない。

「プチプチがおもしろいね」とスチュがつぶやく。

そのあとでもうひとつのお目当てを見つけた。そう、揚げ昆虫の屋台。こういう屋台はタイでは少しも珍しくない。しかも素敵なことに、いろいろな虫が売られている。コオロギの仲間だけでも三種類（大きくて太った茶色のコオロギ、少し小ぶりの黒いコオロギ、そして前足がモグラの手に似た茶色のオケラ）。さらにはバッタ、カイコのサナギ、タガメ（「カブトガニ」なんて表示されていたけど）、ミズスマシ、小さなセミ。それからタケムシ（タケツトガの幼虫）も。

なんだか胸が熱くなって、しばらく立ちつくした。こういう瞬間を味わいたかったの。私は昆虫食のことをあれこれ研究しているけれど、普段はアメリカで活動している。でも、あの国じゃ虫を食べるのはあくまで異常なことで、世間にも認められていない。だから私は、揚げ昆虫を提供する側にばっかり回ってきた。何年もそうやって過ごしていると、揚げた虫がごく普通に売られている光景が実在するとは思えなくなってくる。私にとってそれは神話のような、遠いおぼろげな記憶のようなものになっていた。それが今、こうして目の前で現実となったなんて。

もちろんひととおり試してみたかったので、全部の種類が少しずつ入った袋を買う。ふたつばかり口に入れてみると、サクサクしていて少し油っこい。これはビールにぴったり。というわけで、私たちはまたバイクに飛びのってバーを探した。まもなく、日本の「よるのひるね」によく似たレトロなしつらえの店を見つける。アール・デコ調の家具やギターが置かれ、年代物のハイファァイ装置とネオン時計の見事なコレクションが目を引く。私たちはライオンビールを手に空いた席を見つけ、虫をかじりながら他愛のない話をした。

この揚げた虫が、現地の人にも観光客にもおなじみの味。でも、私があちこち旅して食べてきたもののなかでは、順位はたぶん一番低いかな。悪くないけど、ちょっと変わったスナック程度なもので、大きな感激はない。地元の人たちは普通の顔で列に並んで袋を買い、虫をつまみながらマーケットの屋台をひやかして歩く。一方、旅行者はあっけにとられて眺めたり、悲鳴を上げたり、屋台の前でポーズをとって写真に収まったり。虫はすべて同じ油で揚げたのか、どれも似たような味。それに、だいぶ時間がたっているので、もうカリッとした食感もなければ、できたての美味しさもない。もちろんそれはピザだってハンバーガーだって、フライドチキンだって同じ。冷めちゃったら、つくりたての熱々にはかないっこない。

それでも私たちは小さなセミがすごく気に入って、たちまちセミばっかりを袋から掘りだした。ミックスキャンディの缶からイチゴ味が先に消えていくみたいに。ライオンビールはよく冷えて美味しく、けだるいスライドギターをバックに話は弾んだ。その夜、私たちは千鳥足で家路につく。道々、虫の足と殻の山を残して。

翌日、私はトゥクトゥク〔訳注　タイの三輪自動車タクシー〕をつかまえて大型スーパーの「マクロ」に向かう。ここは「コストコ」のタイ版といったところ。店内を歩きまわれば、思いもよらぬ品々にびっくり。魚介類のコーナーにはマンタや海産巻貝が並び、ついでに腸《はらわた》を抜いたカエルまで丸ごとドンと氷の上に。最後にやって来たのが冷凍肉のコーナー。それはまるで、映画『スター・ウォーズ』に出てくるカンティーナ〔訳注　宇宙人たちがつどう酒場〕のメニューのよう。およそ思いつく種類の肉はほとんどすべてあるうえに、あるとは思わなかったものまで売られている。ブタの肺、凍った血、数種類の動物の心臓、いろいろな部位のワニ肉の切り身、ダチョウの肉にシカの肉。

そして虫もあった。ダチョウ肉とワニ肉に挟まれて、小さいながらも冷凍昆虫の専用スペースがしっかりと。いろいろな種類が一キロずつ袋に入れられている。白くて丸々太ったサゴムシ（ヤシオオオサゾウムシの幼虫）はまるでワンタンみたい。霜に覆われたコオロギや、ジャガイモを千切りにしたようなタケムシ、そして見た目はナッツみたいなカイコのサナギも。どれもごく普通に、ただそこにある。

私はひたすら眺めていた。世の中には、世界遺産を見るために何千キロも旅をする人がいる。どうやら私は、タイ版のコストコでぽかんと口を開けて冷凍食品売り場にたたずむために、はるばるこの地に来たらしい。

われながらバカみたいだけれど、なんだかその場を離れたくなかった。私がこれまでアメリカで思い、書き、話し、夢に描いてきたのはまさにこれ。そう、保存処理された昆虫が、普通の食料品店で当たり前のように売られている光景。それが今ここに、目の前にある。とうとう形あるものになった。

このスーパーの会員だったら（そして台所があれば）、一キロ入りの袋を全種類買いこんで虫料理パーティーを開けるのに。木曜日のディナーにサゴムシのキャセロールか、コオロギの炒め物なんてどう？　山ほどのタケムシはこんがり焼いて、学校から帰ってきた子どもたちのおやつに。夫のスーパーボウル・パーティー用には、カイコのサナギを入れたおつまみミックスもいいかも。

こういうかたちで昆虫がふんだんに、しかも簡単に手に入るのは、タイでもわりと最近のこと。もちろん東南アジアのご近所の国々でも、程度の差はあれ昔から虫を食べてきた。でもタイでは、情熱と意欲にあふれる少数の人たちの力で、現代的なニーズに合うように虫の消費の仕方を変化させてきている。近代化や西洋化の波が押しよせていてもなんのその。昆虫食がなくなる方向なんかに向かいはしない。

次に訪れたのはプーケット島。こんな素敵なリゾートにこんな目的で足を運ぶのは、世界広しといえども昆虫食愛好家くらいなものね。けれどこの地は、サゴムシを探すにはもってこいなの。サゴムシの素揚げは「サゴ・ディライト」と呼ばれ、栄養価の高い特別なごちそうとされてる。味はベーコンに似ているんだとか。

案内をしてくれるチャリットは、ここプーケット島で長年にわたって不動産の投資をしていた。それから仕事をやめて、衣料品店を開いた。今では半ば引退して、友人のゴム農園でサゴムシの養殖を始めている。最初は趣味のつもりだったものの、すぐにそれが儲かることに気づいた。チャリットは車を走らせながら、自分の養殖場を観光スポットにしたいんだと語る。私たちはよさそうな名前の案を出しあった。「チャリット・ワーム商会」

に「サゴ・ワールド」、それから「ムシザらス」。

プーケットの観光ブームに便乗しようとしているくせに、チャリットは観光に不満を抱いている。かつてこの島は静かでのどかで、美しい自然にあふれていた。ところが、それを観光業が一変させてしまったと嘆く。島民は土地を売って大儲けしたはいいけれど、あとに残ったのは開発の嵐。人々は文化も誇りも、昔ながらの暮らし方もなくした。今じゃ何もかもが観光のため。もう自分たちの伝統の中心だった地域で生活することすらできない。海岸の近くに住むなんて論外。釣りをするんだってままならなくなっている。

でも、都会的な海岸部をあとにして内陸の田舎へと車で向かううち、島民が土地を手放した理由がわかった気がした。目に映るのは、今にも崩れそうなみすぼらしい小屋に、正面に扉のないコンクリートの家々。高床式の東屋《あずまや》のようなところに老人たちが寝そべっている。お金が余っているようにはとても見えない。たしかに自然は豊かで、土地の一区画もけっこう大きく、圧倒されるほどに緑がおい茂ってはいる。でも、庭で採れる新鮮なパイナップルより現金を手にしたいと思ったとしても、これなら責められない。

チャリットの友人の農園は、一見するとどこにでもありそうな感じ。毛がモジャモジャして気性の荒そうなニワトリがうろつき、背の高い草むらを歩きまわっては、次々に跳びでてくる虫をついばんでいる。そしてその先にようやく見えた。初めて目にする本物の食用昆虫養殖場。

養殖場といっても、ほとんど小屋のようなもの。しかも骨組みだけで壁はなく、代わりに細長い棚が並んでいて、木の板でできた狭い寝台を思わせる。大きなプランターのような黒くて丸いプラスチック容器が棚にいくつも置かれ、それぞれに木のふたが。チャリットがそのうちひとつを覗かせてくれた。中にいたのはサゴムシ。そう、ヤシオオオサゾウムシの幼虫。これまで見てきた幼虫はどれもそうだけれど、この子たちも光から逃れたくてのたくっている。ただ、体は圧倒的に大きい。私が最初に食べたワックスワームを二〇倍くらいにふくらましたみたい。

これまでずっとサゴムシに興味があったのに、実物を拝んだことがなかった。これを味わうのが長年の目標になっていたの。

私はしきりに感嘆の声を上げながらうっとりと眺め、ときおり手を伸ばしてつかもうとするもののその都度逃げられちゃう。その様子に、チャリットと友人はくすくす笑った。私は前に大きなイモ虫に噛まれたことがある。このサゴムシにも大あごがついているように見えて、ちょっぴり怖かった。思いきって手を出しては、女の子っぽく悲鳴を上げて引っこめる。どれも大きくて、私の親指がむくんだときくらいに太い。体は半透明で、真ん中がクリームがかった白。まるで、光る黒ボタンを頭につけた、しわだらけの動く点心って感じ。

容器の中にはパンプキンパイみたいな色のドロドロが入っていて、それをサゴムシが夢中で食べている。これはサゴヤシの茎をつぶしてつくったもの。私は鼻を近づけた。土とヤシ酒のようなにおいがかすかにするだけ。今度は耳をかざしてみる。ボウルに入れたシリアルがサラサラいうような、ホールの中でほんの何人かが麺をすすっているような、泥がピチャピチャ跳ねるような。ときおりかすかにキーキーという音がする。虫の体が餌にこすれただけだとチャリットはいうけれど、私にはサゴムシが鳴いているような気がした。

チャリットは、ほかのより大きくて平らな容器も見せてくれた。それを「ハネムーン・スイートルーム」と名づけていて、中にはオスとメスのヤシオオオサゾウムシの成虫が。オレンジ色の体に、飾りみたいな黒い模様。なんとなくハロウィーンを思いだす。丸々と太った自分たちの子どもよりずっと小さくて、三分の一くらいしかない。鼻が少し長いので、『スター・ウォーズ』に出てくるグリードみたい。ほら、カンティーナでハン・ソロと対決する、あの青いやつ。

餌となるサゴヤシにはタイ南部の気候のほうが適しているため、北部よりもサゴムシの養殖が盛ん。でも皮肉なもので、サゴムシを食べる伝統は北部にあるの。サゴヤシは比較的豊富に生えているとはいうものの、生長に時間がかかるのが難点。なので、欲しいときに確実に調達しようと思っても、入手が難しい場合もある。そこでチャリットは、サゴヤシの代用になって、しかもかならずたっぷり手に入る植物を見つけた。それを「クズ植物」と呼んで、その正体を誰にも明かしていない。将来ライバルになるかもしれない人間に情報を渡したくないんですって。

餌が食べられる環境をつくってやりさえすれば、放っておいても一か月程度で出荷できるサイズになるんだそう。それまでは、一週間おきくらいにチェックするだけでいい。趣味で始めた小さな養殖場なので、月に生産できるサゴムシは一〇キロちょっと。とても需要に追いつかない、とチャリットはこぼす。

「北のウドーンターニーに住んでいるご婦人が、週に四〇～五〇キロ欲しいっていうんだ。まあそう焦らずに、って返事しているんだけどね」

そのあと、この養殖場で観光客向けにどんなことができるかをあれこれ語りあう。でも、だんだんカが耐えがたくなった。チャリットはホテルまで送るといって聞かず、みやげにサゴムシももって行けという。私にしても食べたいのはやまやまだけど、料理をする場所がない。生きたままのサゴムシをもらってどうすればいいの？　心配いらない、とチャリット。ホテルの厨房で頼めば誰かがどうにかしてくれるから、って。友人もうなずいて、袋詰めを始める。レジ袋が白い幼虫で文字どおりいっぱいになった。

そういえば、バーバラ・キングソルヴァー著の『動物、野菜、奇跡』のなかにも似たような話が出てきたっけ。あるとき著者は旅先の野菜直売所で、キオッジャという種類の大きな緑色のカボチャに目を留めた。すると野菜を売っていた農夫が、ひとつ買っていけと勧める。ホテルの厨房にもって行けば種をくり抜いて料理してくれるし、種はもち帰って庭にまけばいいから、って。

著者はこう書いている。「ホテルの厨房につかつかと入っていって、誰かにカボチャを切りわけてもらうなんて、率直にいって思いも及ばないことだった」

それを私は山ほどの巨大幼虫でやろうってわけ。さて、どうなりますか。


帰りついたころにはすっかり日が暮れていた。チャリットはすぐに次の用事に向わなくちゃいけないらしい。袋に手早くサゴムシを分けてもらい、ホテルに戻る。ドアマンのチャカンが、お帰りなさい、というように手を振った。私は今を逃したらいい出せなくなると思い、いきなり虫の袋を突きだした。

そのときのチャカンの顔ったら！　もちろん、中身が何かはすぐにわかったはず。でも、生きた幼虫をよこして料理してくれといった外国人は、きっと私が初めてだったんでしょう。チャカンが大声で笑いだしたので、フロント係が何事かとやって来た。

ほかのスタッフも騒ぎを聞きつけて集まってきたため、ちょっとした人だかりができる。その表情はさまざま。訳知り顔でにっこりうなずく人。微笑みつつも目が怪しんでいる人。甲高い声で引きつったように笑う人。そしてただただびっくりしている人（袋の中身よりもたぶん私に対して）。みんな袋を覗きこみ、次に私を見て、また袋に目を戻す。ようやくポットという名の一六歳のウェイターがサゴムシを揚げてくれるというんで、私たちはあとについて厨房に入った。

ポットはフライヤーに点火して油を温める。そのあいだ、金属製のボウルにサゴムシを無造作にあけて、水を入れる。そして、大量のフィンガーリングポテト〔訳注　指のような形の細長い品種のジャガイモ〕でも洗うみたいに、涼しい顔で幼虫だらけのボウルの中をかき回した。ペーパータオルで素早く水気を取る。幼虫はもがいていた。光にさらされ、おまけに餌のサゴヤシもないのが気に入らないのね、きっと。考えてみたら、かれこれ四五分くらいこの子たちは何も口にしていない。私の知る限り、たいていの幼虫はいつだって腹ぺこなのに。

あれよあれよというまに、ポットはサゴムシをざらざらと油に落とした。フライドポテトもチキンナゲットも揚げ春巻きも、全部このフライヤーでつくっている。私が口をぽかんとあけて覗きこんでいると、まわりの人がそれを見てニヤニヤした。ものの数秒で幼虫の体がまっすぐに伸びて、半透明だった縁の部分がいっそう透きとおってきた。今まで以上に点心かワンタンみたい。

ポットはバスケットをもち上げて油をきり、揚がったサゴムシを丁寧に皿にあける。私はまじまじと見つめた。手を伸ばす度胸がある？　でも、今さらごめんなさいなんていえるわけがない。腹を決めてビールを注文し、ナプキンをつかんで、食堂の椅子に座る。みんな、おもしろがりながらぞろぞろとついて来た。そして、最初に口に入れる瞬間を見逃すまいと、私を囲むようにテーブルに陣取る。ビールが運ばれてきた。まず大げさにゴクリと飲んでウィンクをしてみせる。「じゃあ、いってみようかな」。私は肩をすくめてから、サゴムシの山に指を突っこんだ。

グニャッとした感触。べたべたしたプルーンみたい。かぶりついたとたん、たちまち眉間のしわが消えた。美味しい！　真ん中が脂っこくて柔らかいっていうだけで、味はポテトチップにそっくり。私が「アロイ（美味しい）！」と叫ぶとスタッフは笑った。

チャカンにも勧めたら口に入れ、同じように驚きと喜びの表情を浮かべる。「アロイ、アロイ！」チャカンはみんなに向かって力強く何度もうなずいた。本当にうまいから試してみろ、この外国人の言葉はウソじゃないから。けれど誰ひとり手を出さない。そう、ここ南部ではサゴムシを食べる習慣が広まっていないの。

こってりしているので、五つもつまんだら十分。もう無理。サゴムシを前菜にして食事をするつもりだったのに、本当にこれ以上は入らない。夜中におなかが空くことがあるので、念のためサラダを注文しておいたけれど、少し口をつけるのがやっとだった。

なんとなくムカムカしたままベッドに入る。でもこれは、フライドチキンみたいな油っこいものを食べたあとによくあるただの胸やけ。

翌朝、次の目的地への経由地となるバンコクに戻るため、私は朝五時に発《た》った。もうホテルの従業員で私を知らない人はなく、少なくとも噂には聞いていたみたいで、みんなくすくす笑いながら温かく見送ってくれた。

目指すはタイの北東部。ラオスとの国境に近いコンケンという町。コンケンの農業大学では、女性昆虫学者のユパ・ハンブーンソン教授が一〇年以上前から食用昆虫について研究し、教えている。

ユパはタイと隣国ラオスの農家に、食用コオロギの育て方を一五年近くも指導している。今では二万五〇〇〇軒もの農家が参加するまでになった。わずか五〇ドル程度の元手で、うまくすれば月に二〇〇〇～五〇〇〇ドルは稼げるとユパは胸を張る。

この日はラオスのコオロギ農家が何人か、タイ側の様子を見学に来ていた。目的は、情報と遺伝子を交換すること。飼育するコオロギの遺伝子はできるだけ多様なほうがいい〔訳注　同じ遺伝子ばかりだと病気などが発生したときに全滅しかねないため〕。そこでラオスの人たちはタイのコオロギの卵を買ってもち帰り、タイの農家もラオスの卵を仕入れることになっていた。

ユパと私はラオスの人たちと一緒にバンに乗りこみ、とあるコオロギ農家の前で停まる。ピンク色の漆喰《しっくい》を塗った大きな家。これぞまさしく「コオロギ御殿」。主人が私たちを出迎えてくれた。

「この人はすごいんですよ」とユパ。「今ここにあるものは、家でも車でもなんでも全部コオロギで稼いだお金で買ったんです」

私たちは裏庭にある養殖場を見せてもらった。木材を組んでつくった大きな骨組み構造があって、側面は壁の代わりにキャンバス地で覆われている。覆いは天候に応じて上げ下げできるようになっていた。この「コオロギハウス」の中には、セメント製の桶《おけ》が端から端まで何列も並べてある。列によってコオロギの成長の度合いが違う。赤ちゃんコオロギ、まだ体が柔らかい若いコオロギ、成虫。交尾用の部屋もある。

コオロギの声がさぞうるさかろうって？　いえいえ、むしろ心地いいくらい。悪臭が立ちこめているわけでもなく、ニワトリ用の餌のにおいがかすかに漂うだけ。全体に、家畜を飼っているとは思えないほど小ぎれいなの。ブロイラーがぎゅうぎゅう詰めで飼育されているような場所を想像していたけれど、とんでもない。一五メートルも離れれば、鳴き声さえほとんど聞こえなくなった。

その家はじつに立派で、近隣の農家とは比べ物にならない。あたりには風雨にさらされたチーク材の小屋が並ぶのに、ここだけがまるでハリウッド。ピンク色の屋敷に、凝った装飾の表門。色とりどりの庭には、サボテンや果樹やガーベラが所狭しと植えてある。家の前で主人が少し話をしてくれた。それはまさに、不幸を歌った歌詞の真逆をいくようなもので、男は妻も家も車も全部とり戻した。それもこれもコオロギのおかげ。主人は表門の脇に大きなコオロギの像を立てるつもりなんだとか。ラオスの人たちはスターフルーツの木の下で成功物語を聞きながら、いかにも感激した様子でうなずいている。

「もともとはウシを飼っていたんだそうです」とユパが通訳してくれる。「けれど問題が起きました。ウシはとても高価だったのに、病気で死んでしまったんです。結局は破産し、奥さんに別れ話をきり出されました。そこで二万バーツ［約七〇〇ドル］を工面して、コオロギの養殖を始めたんです。最初の一か月で半分元をとりました」

ラオスの人たちは声を上げて笑い、ユパも微笑む。「コオロギに深く感謝していると話しています」

いろいろな面で、タイほどコオロギを育てやすい場所はそうない。一年中暖かいので、繁殖や成長に適した温度を人工的に保つ必要がなく、余分な光熱費がかからない。もっともアメリカなら、おもにペットショップや釣り餌ショップ相手に販売して、年収は普通に一〇〇万ドルくらいにはなる。あるアメリカ南部の大規模なコオロギ養殖場などは、年間の売上が一〇〇〇万ドル。しかも、人間向けの需要はほとんどないのにそこまでいく。

タイではコオロギ産業に参入する人が増えていて、価格競争が激しくなっているらしい。それでも、少ない投資で得られる利益はバカにならないので、まだ事業としては十分に魅力がある。

「昆虫の養殖は以前は注目されていませんでした。でも、こうして実践する価値のあるものなんです」とユパは締めくくった。

その日の夜、ユパと教え子ふたりに連れられて食事に出かけた。アリの卵の季節なので、みんなでいろいろなアリの卵料理を注文する。私が気に入ったのはアリの卵入りサラダ。セビーチェ〔訳注　魚介類をマリネし、チリ、トマト、香草などを添えて供する南米の冷製料理〕をあっさりさせて、口の中で弾ける食感を加えたような感じ。文句なしに美味しい。

翌朝、私はカンボジアのプノンペンに飛んだ。活気あふれるにぎやかな通りが、ツタのように複雑に絡まりあっている。ずっとぶらぶらしていたい気持ちをどうにか抑えて、通訳してくれる人を探した。今回の最大の目的は、タランチュラ（正式にいうとオオツチグモ）の素揚げを食べること。私にとってアジア最後の日なので、大きなクモを口いっぱいに頬張るつもりだった。

通訳のレヴァンと私は、緑のパッチワークのような美しい田園地帯を車で走っていく。レヴァンとあれこれ話をしながらも、目は外の景色に釘づけになっていた。延々と広がる水田と並んで、ハスの花咲く池が続く。ところどころにヤシの木や、ヤシの葉で屋根を葺《ふ》いた家々が散り、ブラーマン種のウシが白い耳を垂らしている。まるで絵から抜けてきたみたいな世界。

小一時間も走ったところで、道端に何かのアトラクションらしきものが見えてきた。車を停めると、「シュガーパーム・ワールド」と書かれた大きな看板が。その隣には、特大のヤシの実を挟んでコンクリート製の巨大なタランチュラ像が二体。うん、ここに間違いない。

最初に私たちは、揚げタランチュラを売る若い女性アリーと、アリーが世話を任されているふたりの少女と仲よくなった。少女はいとこ同士で、名前はスリレイとスレイリン。それぞれ一一歳と一三歳。私はメモ帳を取りだそうと、あちこちのポケットを叩いたのに見当たらない。ならばとバックパックの中を探そうと思ったら、慌てすぎて一番大きい仕切りのジッパーをうっかり壊しちゃった。この間抜けなドタバタを見てみんなが笑う。気おくれした様子だった少女たちも、すっかり緊張が解けて近寄ってきた。私たちは座って、揚げタランチュラをつまみながらおしゃべりをする。

揚げた赤いタランチュラはクメール語で「アピン」と呼ばれ、大きな皿に高々と積まれていた。スリレイのおばあさんはタランチュラを使って、「万病に効く」薬用酒をつくるんだそう。つかまえたタランチュラのうち、傷ひとつない立派なものだけを酒用にして残りは食べる。大豆油で揚げて、砂糖と塩、あと何かの赤い種（たぶんベニノキの種子）で味つけするんだとか。

油で揚げる前には、素早く親指で殻をつぶして息の根を止めるんだってアリーが教えてくれた。カンボジアでは腹の部分も一緒に丸ごとタランチュラを食べる。おなかには草が詰まっているのよ、って少女たちはいうけれど、肉食動物なんだからさすがにそれはないかな。

二匹の生きたタランチュラが体を登ってきたので、しばらくシャツの上を這いまわらせておく。さて、そろそろお目当てのものをいただくとしますか。

この「シュガーパーム・ワールド」のオーナーであるソク・ケーンに誘われて、私たちはソクの食堂で一緒に昼食をとることにした。少女たちは持ち場を動こうとしないので、礼をいって別れる。前菜として揚げタランチュラを二匹、店内にもち込んだ。

口に入れてみるとなかなか美味しい。かなり硬い韓国風焼き肉と、ドリトスのチップスを掛けあわせたような感じ。でも一匹だけでやめておく。このあと飛行機に二〇時間乗らなくちゃいけないので、あんまり胃を刺激しないほうがいい。

私たちは「サムロー・コァコー」という栄養満点のスープと、ニンニクやトウガラシの効いたクウシンサイに舌鼓を打ちながら、ソクがこの施設を始めたわけを聞く。昔ここには森が広がっていた。そこはヤシの実とタランチュラにあふれ、みんなしてそれを食べていた。ところが森は急速に失われつつあり、それにつれてヤシやタランチュラも姿を消しはじめている。ソクは地元の人たちに、そのふたつを忘れることなく守っていく気持ちをもってほしいんだと語った。そのあと、森で採れるヤシの果肉を皿にのせて出してくれた。分厚くて、ゴムみたいに噛みごたえがあって、ほんのり甘い。タランチュラよりむしろこっちのほうが飲みこむのに苦労しちゃった。

カンボジアの友人たちに別れを告げ、プノンペンへと車を急がせる。紗《しゃ》がかかったような夕闇があたりを包んでいた。さっきまで緑だった景色が薄紅に染まり、やがて打ち身のアザのような紫に変わる。そしてとうとう、窓の外を飛びすぎる村々を闇が厚板のように覆った。ちょうど停電が起きていて、そういうときにはランプやロウソクのある場所に集まるんだそう。なんとも素朴で素敵な人の温もり。歴史がこの地に優しくなかったことを私は知っている。ほかの国が前へ前へと進んでいるあいだも、この国の人たちは何度も一からやり直さなきゃならなかった。

　アジアのなかでも発展の遅れた地域で虫が食べられているのは、そうするしかないからだっていう考え方がある。そんなふうに決めつけるのは簡単よね。カンボジア人がタランチュラを口にしはじめたのも、ポル・ポト政権下で飢えに苦しんでいたからだって指摘する歴史学者もいる。その時代、たしかに食料を手に入れるのは難しかったはず。でもほかの資料によれば、タランチュラが食用になることはずっと前からわかっていた。

　空腹の前では、どんなものでも食べられるようになるのは間違いない。その一方で、アジアに昆虫食の歴史が長く豊かに息づいているのもまた事実。すべてを「食うに困って切羽詰まった結果」と片づけるのは単純にもほどがあるし、正しい理解の助けにならない。ものによっては普通の肉より虫のほうが高値で取引されている地域はいくらでもあって、それを特別な料理やごちそうとみなしているところだって多い。そういう土地では、虫は故郷《ふるさと》を思いだすほっとする味なの。時代の流れに逆行する食べ物といわれちゃったらそれまでだけど、懐かしい味っていうのはそういうものでしょう？

だいいち、欧米人にとってのおふくろの味だって、よその国からしたらとんでもなく妙ちきりんに見えるんじゃないの？　たとえばアメリカ人の好きなツナ・キャセロール。伝統的なつくり方でいけば、においの強い缶詰の魚を、よりによってカビ・クリームの缶詰や、発酵させたウシの乳と混ぜちゃうんだから［訳注　カビとはキノコを指している］。ゼリーサラダに使われるゼラチンにしたって、元をたどればウシのヒヅメ。イギリス人の愛するスポッテッドディックなんて、名前が変なうえにウシやヒツジの生の脂肪を入れてつくる。スコットランド伝統料理のハギスって知ってる？　ヒツジの内臓を切りきざんで、胃袋に詰めて煮込んじゃうのよ？

やむにやまれず虫を食べてるだけだなんて、どの口がいうんだか。

第7章　最後のフロンティア

一九八〇年代の初め、オランダ・ワーヘニンゲン大学の昆虫学者マルセル・ディッケは、植物が自分の天敵の天敵と話していると主張して同僚に笑われた。

「植物がしゃべるわけないじゃないか、おとぎ話じゃあるまいし。まともな科学をやってくれよ」

でも、ディッケの博士課程の研究からは、それを裏づける証拠が見つかった。そもそもディッケがいいたかったのは、自分を食べる虫の天敵に対して、植物が化学物質の信号を送っていますよ、ってこと。そして実際にそうだったの。ライマメがハダニに襲われているとき、そのハダニを餌にする別のダニに化学物質のＳＯＳを発信していることが確かめられたってわけ。人間がするような「話」とは違うけれど、これも立派なコミュニケーション。しかも種の壁を越えている。

今じゃこの現象を利用して、殺虫剤ではなく生物の力で害虫を駆除することがオランダ中の温室や農園に広まっている。

こうした実績があるのに、一九九七年にはディッケを再び嘲笑が待っていた。何をしでかしたのかって？　今度は研究仲間のアルノルト・ファン・ホイスと一緒に、「みんなで昆虫を食べようよ」っていい出しちゃったんです。

「反応は決まって『お前らバカじゃないの？』でしたね」とディッケはふり返る。

もっともディッケは、もう主流を外れることに慣れっこになっているので、そういう声が返ってくるのはけっして悪いことじゃないと語る。少なくとも、人の注意を引くことには成功したわけだから。

「頭がおかしいと思われているとしたら、つまらない人間ではないと認めてもらったのと同じ。相手がつい考えたくなったり、話題にしたくなったりするような何かをしている証拠です」

みんなにもっと心を開いてもらって、虫全般について考えたり話をしたりしてもらいたい。ディッケとファン・ホイスはそれを目指して困難な道を歩みだした。種の壁を越えたコミュニケーションの回線を人と虫のあいだに開くために。

ファン・ホイスは長年アフリカで暮らして昆虫食の研究を行なってきた。なので、先住民がもつ昆虫食の伝統については知識も実体験も豊富。ふたりは通常の授業や指導のほかに「昆虫と社会」という講座を開設し、いろいろな分野の講師を招いて講義をしてもらっている。これは、人間と昆虫の関係にあらゆる面から光を当てようというもの。たとえば昆虫と心理学、昆虫と芸術、そして昆虫と食べ物といったテーマが取りあげられている。

二〇〇六年にはこうしたプロジェクトの一環として、小さな大学町のワーヘニンゲンを舞台に「昆虫都市」というイベントを実施する企画を立てた。オランダ全土から人を集め、昆虫について学んだり、その芸術的な展示を見たり、味わったりもしてもらおうっていうのが狙い。

「別にかまいませんよ」と大学の諮問委員会はゴーサインを出した。「ただし、ワーヘニンゲン以外からは誰も来ないってわかってますよね？」

「二〇〇〇人も集まればいいところでしょう」とは大学広報部の見解。

あとで二万人の来訪者を目の当たりにして、どちらも前言を撤回せざるを得なくなる。ロイター通信がこのイベントを報じた。中国からも南アフリカからも、ヨーロッパの各国からも問いあわせの電話が来た。みんなが食いついたのは昆虫食。結局、一度に一七五〇人が虫を食べて、ワーヘニンゲンは昆虫食研究の地図にその名を刻んだ。

二〇〇七年、ディッケは「オランダのノーベル賞」と呼ばれる「スピノザ賞」を受賞する。その後もディッケとファン・ホイスは、食用昆虫を人間と家畜の食料源とするための研究を続け、二〇〇九年にはオランダ農業省から研究助成金をもらった。しかも、一〇〇万ユーロというかなりの額を。このニュースが広がると、ディッケのもとには半信半疑の同僚たちから電話が殺到した。

「ただの趣味かと思ってたよ！」誰もが口をそろえた。

そう、思慮深く献身的な少数の人の手にかかれば、趣味だって世界を変えられるの。

私はワーヘニンゲン大学を訪ね、その昆虫食研究の一部を実際に目にした。研究室では、昆虫の飼育がどれだけ環境に優しいかを確かめようと、栄養組成や成長率、廃棄物量やエネルギー使用量などを調べている。

サラ・ファン・ブルックホーフェンという博士課程の学生が、栄養組成を突きとめるための準備として、ミールワームを粉々にする作業をしていた。まず、保存してあったミールワームを半カップほど陶器の乳鉢に入れて、そこに金属容器から液体窒素を注ぎいれる。そしたらすぐに乳棒でミールワームをすりつぶす。乳鉢からかすかな白いもやが立ちのぼり、さながら小さな釜をかき回す魔女のよう。

なぜ液体窒素を？

「一瞬でミールワームを凍らせてくれるので、作業が楽なんです」

それから粉々のミールワームを試験管に移し、塩酸（胃液に含まれているやつね）を加えて、しばらく遠心分離機にかける。こうするとタンパク質が個々のアミノ酸に分解されるので、それぞれの量と質を分析できるってわけ。これで、虫の体内にどんなタンパク質がどれだけ存在するかを正確に割りだせる。ファン・ブルックホーフェンは分離後の試験管を見せてくれた。一番上には薄い透明な層がのっていて、真ん中は濁った茶色っぽい層、一番下には濃い色の層がわずかにたまっている。

「上は脂肪で、中央がタンパク質とミネラルと水、その下は繊維です」

食べ物の主成分がこんなにはっきり見えるなんて、なんだかウソみたい。私たちの胃や腸は、消化の際にまさしくこの作業をしている。

ファン・ブルックホーフェンの研究仲間で、やはり博士課程のデニス・オーニンクスは、昆虫飼育のエネルギー効率や栄養上のメリットについていくつか論文を書いた。すると、それが海外のメディアに取りあげられた。オランダの昆虫食革命は、この論文を土台としている部分が大きいんだそう。二〇一〇年にオーニンクスは、工場式の農場でミールワーム、イナゴ、コオロギを育てた場合に、ウシやブタより温室効果ガスの排出量が少ないことを示した。その二年後には、それがミールワーム肉生産プロセス全体に当てはまることも明らかにしている。

たぶんもっと重要なのは、一〇〇グラムのタンパク質を得るのに必要な土地が、牛肉、豚肉、鶏肉の三つよりはるかに狭くて済むこと。その秘訣は、餌を体重に換えるうえでの効率のよさ。飼料が少なければ、飼料となる穀物の量も減るし、それを栽培する土地の面積も小さくていい。おまけに、ヒヅメや皮や骨のような食べられない部位がない。すべて丸ごと消費できるってわけ。

オーニンクスは現在、昆虫が餌を肉に変換する仕組みを研究していて、さらに効率的に昆虫肉を生みだせないかを探っている。忘れないでほしいのは、ほかの家畜動物の飼育は長年の農業研究を取りいれて成果をあげてきたってこと。それにひきかえ、昆虫養殖の研究は始まったばかり。一〇年後、二〇年後、五〇年後にどうなっているか、なんとも楽しみじゃない？

研究室を見学したあと、ディッケとファン・ホイスに誘われて「未来レストラン」に向かった。ここは大学構内にある研究用のカフェテリア。食事を提供するだけじゃなく、さまざまな料理に対する客のふるまいを消費者調査の目的で記録している。あちこちに隠しカメラが仕掛けられていて、食べ物を選ぶときの顔つきや、新しい食材（食用昆虫とか）への反応を追ったり、どの味のサラダ・ドレッシングをどれくらいの時間で手に取るかや、パンをいくつ持って行くか、本物の肉にするかベジタリアン向けの代用肉にするかといったことを調べたりしている。表情を読むためのソフトウェアは、もともとディッケの研究室にいた学生が昆虫の行動を観察するために開発したものらしい。

寒い地域に行くといつもそうなんだけれど、私は死ぬほどおなかがすいていて、ついつい料理を取りすぎちゃった。そこで、食べきれなかった分をもち帰ってもいいかとなんの気なしに尋ねた。一時間もすればきっとまたおなかが鳴るから。ところが、ふたりの教授は顔色を変える。

「じつはオランダではそういうことをしないんですよ」とディッケ。ファン・ホイスは、とりあえずもち帰り用のパックがあるかどうかだけでも聞いてみようといって席を立った。

オランダじゃこんなことで顔をしかめられるの？　もち帰り用の容器のことを英語で「ドギーバッグ（doggie bag）」というけれど、たしかにあの言葉にはあざけりのニュアンスがあって、それをユーモアにくるんでいる。つまり「イヌ用」ってわけね。でもこの大学は環境への優しさとエネルギー効率を重視していて、教授がオフィスにいるときは定期的に手を振りまわさないと照明が自動的に消えちゃうくらい。なのに、残り物をもって帰るのは非常識だなんて。

食べられる分だけ取ればよかったっていう話じゃない。あとで連れていかれたレストランでは次々と大量の料理が運ばれてきて、誰ひとり完食できなかった。それでも結局ごちそうの山を置いて店を出るしかない。どうやらオランダ人にとって食べ残しをもち帰るのは卑しい行為であって、不作法であるとすら受けとめられるらしい。

要するに、環境に優しい食料開発を最優先事項に掲げている国でも、文化の壁を乗りこえるのは難しい場合があるってこと。虫を食べるのは問題がなく、多額の研究予算までつぎ込まれるのに、昼食の残りをもち帰るのは考えられない行為。たとえ理屈に合わないように思えても、文化の壁はときに大きく頑固に立ちはだかる。ドギーバッグをくれというのはアメリカ人には理にかなったことなのに、オランダの社会では「頭のおかしい人間だと見られる」とファン・ホイスはいい切る。こんなことにさえ抵抗を覚えるんだから、昆虫食への偏見がなかなかなくならないのも無理はない。

ファン・ホイスはアフリカで昆虫と文化の研究を何年も行なってきた。そして、どういう人がどんな虫を食べているかを調べているときに壁にぶつかった。「白人には教えない。変だと思われるからね」っていう言葉が返ってきたの。

土着の昆虫食文化を研究していて、同じ問題に出くわした人はほかにもいる。先住民は昆虫食の習慣があっても、どんな反応をされるかが怖くて欧米の研究者には明かさないことが多い。そこには、虫ならなんでも口にしていると思われるのがいやだから、っていう理由もあるみたい。だから、「虫を食べていますか？」と尋ねると「食べていない」って怒るのに、「○○〔その土地で呼ばれている虫の名前〕を食べていますか？」と聞くと、ちゃんと答えてくれる可能性が高いんだそう。

そういえば私にも同じ経験がある。ロサンゼルスの韓国人街でカイコのサナギの缶詰を探していたときのこと。いくつもの食料品店を訪ね歩いたのに、何度となく顔をしかめられ、首を振られた。聞いただけで店から放りだされそうな勢いで。

「イモ虫の缶詰はありますか？」リストアップした最後の店で尋ねた。「虫の缶詰？」店主は変な顔でこちらを見た。「ない、ない、ないよ」

そのときようやくひらめいて、韓国語の呼び名で聞いてみることにする。

「ポンテギは？」

店主の目が輝いた。「ああ、ポンテギ！」手を叩いて大きな声を上げる。「ポンテギが好きなの？　じゃあこっちへ。見せてあげるよ！」そういうと、サナギの缶詰ばかりが並ぶ棚に案内してくれた。途中ですれ違った従業員にも、興奮した様子で何事か韓国語でまくし立てながら私を指差す。みんな温かい笑みを向けてくれた。

ちゃんと区別があるわけ。韓国人にとっては、ただのイモ虫とカイコのサナギとじゃ大違い。私たちが金魚とアンチョビ（カタクチイワシ）をごっちゃにしないのと同じこと。アンチョビを美味しくいただいているところへ「金魚を食べている」なんていわれたら、どんな気がする？

こういう区別は思っている以上に根が深いの。


オランダには、食用昆虫を養殖する農家の組合「オランダ昆虫養殖組合（VENIK）」がある。このVENIKが二〇一三年に「フライング・フード・プロジェクト」をスタートさせた。これは、食料不足に苦しむケニアの村々に昆虫養殖の技術を教えるっていうもの。このアイデアのヒントになったのは、発明家のバルト・ホーヘブリンクが二〇一〇年に始めた「フードファクトリー・プロジェクト」。フードファクトリーでは、石油のドラム缶みたいな世界中ほとんどどこにでもあるものを使って、移動可能な昆虫農場をつくっている。人間には食べられない生ゴミやクズでも、虫ならそれを餌にしてタンパク質に換え、腹をすかせた村人に与えることができるから。

これまでの飢餓撲滅プロジェクトは、食料をどこかで生産して、それを飢えた地域に送るっていう発想のものが多かった。でも、そのやり方は問題だらけ。たとえば政治、汚職、対象地域の選択ミスなどが邪魔をして、当初の意図どおりに食べ物を運びこめないケースが案外多いの。それに、無料の食料を市場にあふれさせちゃったら、地元の農家の生計が危うくなるしね。そこで、フライング・フード・プロジェクトでは別の道筋を考えた。外からじゃなく内から問題を解決しよう、って。貧しい農家に昆虫養殖という生計の手段を与えてあげれば、家族を養ったうえに収入が増やせるってわけ。

ところが、プロジェクトの広報担当者に話を聞いたら、思いがけない文化の壁にぶち当たることがよくあるんだとか。提携先のボンドー大学がある地域では、いろいろな虫がごく普通に食べられていて、しかも虫が高値で売れる。ただし、これまでは伝統的に自然界の虫をつかまえてきた。だから、現地に最初に乗りこんだスタッフにとっては、捕るだけじゃなく養殖もできるとわかってもらうのがまず一苦労。

もうひとつ予想外だったのが虫の種類。プロジェクトの実施に選んだ州では、バッタは食べるけどコオロギを口にする習慣がない。なので、養殖コオロギも天然バッタ並みに美味しいんだって納得してもらうのにかなりの時間がかかった。

何がいいたいかっていうと、部外者からすると一見どうでもいいような些細な価値観の違いが、内側から見れば大きな障害になり得るってこと。オランダ人は食べ残しをもち帰らない。ケニア人はコオロギを飼育しない。アメリカ人は陸の節足動物には目もくれず、水生のものだけ口に入れる。

これまで昆虫食は逆風にさらされていた。その風を吹かせていた犯人は欧米の大衆文化。そのことがよくわかる話をディッケがしてくれた。「昆虫と社会」講座に招いたある心理学者にはタイ人の奥さんがいて、何度もタイを訪れている。そして気づいたのは、村にテレビが普及すると住民がしだいに虫を食べなくなるってこと。

こういう問題が起きるんじゃないかと、学者はずいぶん前から心配していた。通信ネットワークが広がって、西洋の文化に偏った情報に接しているうち、地域特有の文化が壊れて画一化していくおそれがある、って。その傾向がとくに目立つのが発展途上国。テレビで見たり、音楽で聞いたり、欧米発のファストフード・チェーンで味わったりして西洋に触れ、そのイメージを真似るようになるところが多いの。西洋的な理想がこの惑星の隅々にまで行きわたっている。

でも、もっと大勢の欧米人が昆虫食に目覚めれば、虫への逆風を止めて、地球に優しい食料生産の道へと向かうのも夢じゃないはず。私が「虫を食べて世界を救おう」をモットーに掲げている理由もまさにそれ。虫自体が環境に優しいってだけじゃなく、一匹虫を食べるたびに失われつつある伝統を守ることにもつながる。

ファン・ホイスによれば、昆虫食に関してオランダが強力なイニシアチブを発揮していることを国連食糧農業機関（ＦＡＯ）は喜んでいるんだそう。つまり、アフリカやアジアの主導でやらずに済んでいる、っていう点に。

「欧米からの提案であれば、偏見を向けられにくいですからね」

今やワーヘニンゲン大学は昆虫食の科学研究で世界をリードしている。二〇一三年、ＦＡＯはファン・ホイスのチームと手を携えて、「食用昆虫――食料と飼料の確保に向けた将来の展望」という二〇〇ページの報告書を発表した。この報告書では、人間の食料や家畜の飼料として昆虫を利用することが、栄養の面でも環境の面でも利益をもたらすと大々的にうたっている。また、昆虫食の文化・歴史や昆虫の栄養価をまとめ、資源利用の領域も掘りさげて、最後には食用昆虫の消費量を増やして将来的にそれを最大限に活用するための方法を提案している。

この文章を書いている時点で、報告書はインターネットから約六〇〇万回ダウンロードされている。

エピローグ　地球が虫の息になる前に

初めは無視され、次に笑われ、それから攻撃される。そうなったらこちらの勝ちだ。

——マハトマ・ガンジー

世界はまだまだ大きくて、いろいろな文化や習慣を抱えておけるだけの余裕がある。ある地域では、市場の屋台で揚げタランチュラが売られ、スーパーマーケットに冷凍カイコが並び、生きた幼虫を料理してくれとホテルの客から頼まれる。別の地域では、ドギーバッグを欲しがる人への軽蔑の目を隠しきれない。

たしかに世界はこういう多様さなら維持できている。でも、私たちが命を維持する方法を多様化させなければ、地球は人間を食べさせていけなくなる。私たちと食肉の関係は複雑。そして資源は有限。遠くない将来に私たちは、ステーキを取るか自分自身を取るかの選択を迫られるでしょう。

肉が全部悪いわけじゃない。ただ、今のやり方で肉を生産して消費していたら大変なことになる。その一方で、昆虫に関する私たちの思いこみは間違っているものがほとんど。本当は、家畜肉の生産に伴うデメリットを残らず思いうかべて、それをすべてひっくり返したのが食用昆虫。なのに、虫くらい悪口を叩かれているものはない。

昆虫食を人に勧めるようになってからは、相手の反応にいくつか決まったパターンがあるのに気づくようになった。とくにネット上ではそう。大げさな悲鳴こそ起きないものの、コメント欄には「常連」とでもいいたくなるような連中がかならず湧いてくるの。まず誰かがひたすら「い・や・だ」と書きまくる。それからもう少し丁寧な人が出てきて、「せっかくだけど、このままステーキでいくよ」。コメントありがとう。でもね、世界中の人にステーキを食べさせるわけにはいかないでしょう？

そのあと一〇回に九回は菜食主義者が現われて、「虫なんてもち出すまでもない、単に動物の肉を口にしなければいい」とかなんとかいい出す。

ごもっともな言い分なので、少し考えてみましょうか。たしかに、インドのヒンドゥー教徒みたいにベジタリアンになって、聖なるウシから牛乳だけもらうっていう選択肢もないわけじゃない。なぜ私たちにはそういう生活ができないの？

インドは世界最大の乳製品消費国で、乳牛の数も世界一。乳牛は一頭残らず植物を食べ、反芻をして、メタンのゲップを噴きだす。この先一〇年の人口増加に追いつこうと思ったら、インドは乳製品の生産（と副産物のメタン）を現状の二倍近くにまで増やさなくちゃいけない。

具体的にはどうする？　ウシに乳を出してもらうには、子ウシを産ませる必要がある。子ウシの半分はオスで、オスはミルク製造の役には立たない（おまけに縄張り意識が強いので、ケンカをしたり手当たりしだいに交尾したりしてかなり厄介）。じゃあ、心優しいベジタリアンたちはこの余ったウシをどうするかっていうと……そう、農場から追いはらっちゃうの。追放されたウシは田園地帯をさまよったり、街なかをうろうろしたりしているうちに、栄養不良になり、ゴミをあさり、車に轢《ひ》かれ、あるいは病気になって息絶えることが多い。メスの運命も似たようなもの。乳が出るのはほんの数年のあいだだけ。それを過ぎたら解体業者に売られるか、そっと放されてあとはゆっくりと飢え死にするまで放浪するしかない。

つまり、菜食主義でも乳製品を摂る以上、結局は食肉のサイクルに支えられることになる。乳製品生産の過程で出る肉を誰かが食べなければ、ウシは死ぬまでさまようだけ。いうまでもないけど、ウシがうろついて交通麻痺をひき起こすなんてアメリカじゃ論外。誰も認めないだろうし、ウシにだって気の毒。野良イヌ、野良ネコ、野良ウマが許されないのと同じこと。

普通の菜食主義じゃ解決しないんなら、残された選択肢はもっと極端な「ヴィーガニズム（完全菜食主義）」しかない。

二〇〜四〇歳くらいの男性だったら、ヴィーガニズムはわりとうまくいく。けれど子どもや妊婦、そして高齢者は、ヴィーガニズムだけで生きていけるようなつくりにはなっていないの。菜食主義にしろヴィーガニズムにしろ、厳密にやりはじめたのはおもに僧侶たち。僧侶ならいいわよね、瞑想に明け暮れていればいいんだから。子どもを産むから栄養をたっぷり摂らなくちゃ、とか、家事を切り盛りしなくっちゃ、なんてこともない。なのに、ヴィーガニズムのせいで体を壊したというような話が出ると、ヴィーガンたちからはよく「やり方が間違っていたからだ」って非難の声が上がる。

こういう几帳面な自称ヴィーガンは、たいてい先進工業国に住んでいてそこそこ金回りがよく、必要な食材はなんでも手に入れることができる。世界中のヴィーガン用サプリメントがそろう健康食品店で好きなように買い物をし、頭がよく、学歴が高く、情報通で、ピーナッツバターとテンペだけがヴィーガニズムじゃないことをちゃんと知っている。

でもね、かりにいろいろな食材がすぐ手の届くところにあったとしても、ヴィーガニズムを正しくやるのはとても難しいものなの。

たしかに理念としては立派。すべての生物（ヒトも含む）に対する本物の思いやりの心から実践されている場合にはなおさらそう。でも、人類が選ぶ道としては現実的じゃない。満足な食事もできていない人に向かって、理念のために生理的欲求を抑えろっていえる？そんなのはどう考えても不公平。しかもそれが自然界本来のあり方だとも思えない。じゃあ、どうしろっていうの？　貧しい者だけ肉を食えと？

やりたくてもできない地域は世界にいくらでもある。手に入る食材が季節によって限られる場所もあるはず。あるいは、乾燥地帯やネパールみたいに農業に適した土地が乏しくって、作物を育てるのに必要な資源が単純に存在しないケースだってある。そういう場合はヴィーガニズムも地産地消も忘れたほうがいい。

菜食主義がだめで、ヴィーガニズムもアウトなら、何が残る？　その答えのひとつが昆虫だと私は信じている。もしくは、徹底的に環境に優しい農場経営をするのもいい。できる範囲で地産地消をしたり、倫理的な扱いをされた家畜の肉を買ったりする手もある。そして私たちが頭を柔らかくして納得できさえすれば、虫もその「家畜」の仲間に入れる。

ここで少し、第1章で訪ねた未来のファストフード店「マクインパクト」に戻ってみましょうか。今度は牛肉のバーガーや鶏胸肉のサンドじゃなくって、「マクミール・バーガー」を注文してみて。これはヒヨコマメとミールワームの粉に、野菜ピューレとスパイスを絶妙に混ぜあわせた満足の一品。外側はカリッと、中は香ばしくてふわふわ。ベジバーガーみたいに低カロリーなのに、動物性タンパク質なので腹もちもいい。必須脂肪酸が脳や神経や皮膚の働きを助け、カルシウムだって補える。だから今日はカルシウム・サプリを飲みわすれても大丈夫。なんなら「クリックス」をプラスしたバーガーを頼むのもいいかも。クリックスはコオロギを原料にしたタンパク質＋鉄パウダーで、入れるとバーガーの栄養価が増してナッツの風味も加わる（ちなみにクリックスは架空の商品です、今はまだ）。

働くお母さんが保育園に子どもたちを迎えに行って、帰りに簡単に夕食を済ませたいときは？　そしたら子どもたちには「イモ虫ナゲット」を。普通なら原材料の産地なんかが気になるものだけれど、心配はご無用。ここで扱う昆虫はすべて地元産で、オーガニックな飼料で育てられている。お母さん自身にはクリックス入りドレッシングのサラダがおすすめ。カロリーを気にすることなく、必要な栄養はすべて摂れる。お母さんも子どもたちも大喜び。昔のファストフードはこうだった。手軽で、速くて、味にバラツキがない。おまけに虫なら体にもいい。

可能性はもちろん家庭にも広がる。夫が一日の長い仕事を終えて帰ってきたら、妻はクリックスを練りこんだパスタをつくる。これならパスタがタンパク源にもなるから、ベジタリアン的な食生活をする場合もメニューを組みたてやすい。スーパーにもごく普通に置いてある。ウシはどんな扱いをされたのか、ニワトリは放し飼いだったのか、魚は天然ものか、値段は高くないか。もう、動物の肉を買うときにそんなことを悩まなくていいの。昆虫タンパク質っていう、味がよくて健康にいい選択肢がいつだってあるんだから。

こういう未来は予想以上に近づいているかもしれない。ロンドンにある「ワールド・エント」という名の新興企業は、未来の昆虫料理「エント・ボックス」を開発した。ボックスの中には、一口サイズで色とりどりのサイコロみたいなものが入っている。それぞれ味が少しずつ違うけれど、どれも栄養満点。

エント社の共同設立者のひとりアラン・デイサンによれば、食の新しい選択肢を提供して、消費者の倫理観に訴えるのが狙いだったんだとか。それでいて見た目に違和感がなく、味もいいものをつくりたかったんだそう。「この商品なら、安心して店で買えます。本当に美味しくて、本当に環境に優しいのがわかっていますから。しかも体にいい」とアラン。「それと同時に、楽しくてカラフルでみんなで分けられる食べ物にもしたかったんです。スシみたいにね」

これまでのところ、エント社の食品は大好評。

「虫の量が少ないっていうのが唯一のクレームでしょうか。みんな、虫が丸ごと皿にのっているのを期待して来るので、見た目がきれいでも虫の姿がないとがっかりするんですよ。裏に回ってもらって、調理前のを見せましょうかね」とアランは笑った。

わかる。私も虫料理の実演やケータリングで同じ経験をしたことがあるから。たいていは一番大きくて一番恐ろしげで、一番目立つ虫から先になくなるもの。サソリとコオロギの料理を出したとすると、サソリのほうが断然速くハケていく。昆虫食の市場はふたつに分かれているみたい。かたや、新しいことに挑戦するのが好きで、風変わりで強烈な食体験をしたい消費者。もう一方はちょっぴり臆病で、自分の食べているものをなるべく見たくない消費者。

一九六六年、作家のハリイ・ハリスンは『人間がいっぱい』（浅倉久志訳、ハヤカワ文庫）というSF小説を発表した（のちに『ソイレント・グリーン』のタイトルで映画化もされている）。舞台は未来の地球。今の私たちの世界と同じように、人口は七〇億に達している。水不足と食料不足が蔓延し、余っている土地なんてほとんどない。人々にとってのごちそうは、大豆とレンズマメを加工した「ソイレント・ステーキ」。数に限りがあるので、販売時には暴動が起きるほど。ハリスンがこれを書いたときに食用昆虫の可能性に思いいたっていれば、未来はこれほど暗澹《あんたん》たるものにはならなかったでしょうに。ソイレント・ステーキを求めて暴れている人だって、自分の狭いアパートで栄養たっぷりの美味しい動物性タンパク源を育てることができた。

人類が身の丈に合わない発展を遂げてしまったのはたしか。そのことは、陰鬱《いんうつ》なSF小説を引きあいに出すまでもなくわかってもらえるはず。地球は人間ではち切れんばかりになっている。これまでどおりに続けていくわけにはもういかない。一個の惑星が養えるものには限りがあって、私たちはその限界にたどり着いてしまった。資源の枯渇も深刻な段階にきている。

その反面、私たちが胸を張っていい部分もじつはちゃんとある。そう、誇れるところが。

人間は地球上のどんな生物よりも繁栄してきた。これにまさるのはアリくらいなもの。世界のさまざまな地域では、ぎりぎりの状態で暮らす時代が遠い昔の物語となって、生きるための苦闘がどういうものだったかをもう思いだすこともできない。人類はまさしく適応の達人。

私たちが地球の限度を超えて増えすぎちゃったんだとしても、それで人間の適応力と繁栄力にケチがつくわけじゃない。資源を使いすぎてしまうのはごく自然なことであって、それはヒト以外の生物でも同じ。ほとんどの動物は手に入る食物をすべて食べつくすし、つくれるだけ子をつくる。そして資源がなくなったら死にたえて、また新たなサイクルが始まる。私たちがその段階に達したからって、自責の念に駆られる必要はないのかもしれない。

けれど、現にこうして崖っぷちに立っている以上、今後の身の振り方に知恵を絞ってもいいんじゃない？　そう、今までずっとそうしてきたように、また現状に適応すればいいのよ。未来に向かって進むうえでは、その適応力に頼ることが一番確実。だって、変化することがこれまでも人類の一貫した特徴だったんだから。

つまり、食生活を広げて虫にも目を向ける必要があるなら、幸い私たちにはそれができるってこと。いつもそうだったよね？　人間を人間らしくしているものは文化だけじゃない。適応することこそが、根本的な意味での人間らしさをつくっている。種として生きのびていくためなら、文化の壁なんてちっぽけなもの。アメリカ人だ、日本人だ、オランダ人だ、ジンバブエ人だっていう前に、私たちはヒトという生物。生まれ育った文化に影響されて偏見を抱くのはしょうがないにしても、それを乗りこえる力をもっている。その点は歴史が証明済み。そして乗りこえさえすれば、タンパク質も必須脂肪酸もミネラルも存分に手に入るの。どれも目の前にあるんだから——虫っていうかたちをとって。

人類を未来へ導くために、率先して適応してみたい？　だったら選択肢はたくさん。

エント社に限らず、すぐに食べられる昆虫食品をつくっている会社はいろいろある。第3章で紹介したチャプル社は、すでにアメリカ中の健康食品店でエナジー・バーを売っているし、数は少ないながら海外向けにこの商品を扱う業者もある。会社のウェブサイトから買うのも可能。第2章で取りあげたドン・ブギート社は、新たにグルメ・スナックを発売した。干しミールワームと干しコオロギを使ったもので、高級食品店に置かれている。ワールド・エント社も、一年以上前からオーガニックのミールワームとコオロギを販売している。今日注文すれば、すぐ調理できる状態の昆虫食品が翌週には玄関に。

こうした商品が生まれたのはまだ最近のこと。なんて胸躍る展開！　こんなことは今までになかった。もっとも、発想自体が新しいわけじゃなく、いわば包み紙が変わっただけ。だって、人類ははるかな昔から虫を食べてきたでしょう？　その習慣をなくしちゃった地域もあるけれど、自転車と同じで練習すればまた思いだすんじゃないかな。初めはおっかなびっくりでも、違和感はそのうちきっと消えるはず。

みんながみんなそうするべきだってわけじゃないの。ただ、世界では大勢の人が日々の食事すら満足にとれずにいる。目的に合った食事法をあり余る選択肢から選ぶような、そんな恵まれた状況にあるはずもない。高炭水化物、低炭水化物、はたまた炭水化物抜き？肉にする？　それとも植物性タンパク質？　グルテンフリーにラクトースフリーに、パレオダイエットにベジタリアンに抗炎症食？　そういうものとは無縁の人が地球上には山ほどいる。

けれども選べる人間は、自分に対しても世界に対しても賢く選ぶ義務があるのでは？選択肢をもたない人たちのために、正しい判断をしなくっちゃだめ。経済の世界には、「国の金で大企業を潤すと、いずれ中小企業や消費者に波及して景気がよくなる」っていう考え方がある。それが正しいのかどうか私にはよくわからない。でも、社会の姿勢に関しては、間違いなく上から下へと広がっていくと思う。少数の行動は多数を引っぱっていけるはず。口コミの力は侮れないんだから。

虫と戦うのをやめれば、生活の質は誰にとっても大幅にアップする。それは虫にとっても同じ。虫を見たら、反射的に「殺せ！」となるような姿勢を和らげれば、種の壁を越えた調和がもたらされる。殺虫剤が少なくて済み、やみくもな悲鳴が抑えられ、飢える人の数が減る。食生活に虫を取りいれてどんなデメリットがあるのか、私にはひとつも思いつかない。

昆虫食革命は今まさに起きている（それが証拠にテレビで取りあげられる回数も増えている）。虫は大いなる未開の資源。そして自然食品最後のフロンティア。近い将来には肉が試験管で培養できるようになるというけれど、遺伝子組み換え食品への風当たりが強いのを見ると、市場にどれだけ受けいれられるかはまったくの未知数。そもそも、市販できるほど価格を下げられるかどうかだってわからない。遺伝子組み換えトウモロコシを口にしたがらない消費者が、一〇〇パーセント不自然な方法で合成されたものを大量に食べると思う？　あなたならどうする？

気候変動に関する首脳会議を風刺したおもしろい漫画がある。ひとりの男が別の出席者にこう詰めよっているの。「これがとんでもないでっち上げで、あれこれ努力しても骨折り損だったらどうしてくれる？」って。

そんなふうに考える人がいるからこそ、私は昆虫食を勧めたい。たいした手間もかからず、いいことずくめで、マイナスの要素なんてほとんどない。ただ私たちが偏見を克服しさえすればいい。一〇〇年後には当たり前になって、メニューに虫のなかった時代が想像できなくなるはず。虫を食べないなんて遅れてるって、きっと思えるようになるから。

謝辞

誰よりもまず夫のブライアンに感謝したい。本書を書く作業の最初から最後まで私を支えてくれた。レシピを考えて試すのを手伝ってくれ、アイデアや苛立ちをいつも静かに受けとめてくれた。パートナーとはこういう存在をいうんだと思う。この本も私の人生も、ブライアンなしには考えられない。

両親にもお礼をいいたい。母は、独創的でありながら科学的な鋭い視点で人生を眺めることを教えてくれた。父はつねに辛抱強く力になってくれ、私がこのテーマを追いかけたいって話したときにも少しも動じなかった。ふたりがいなければ、今の私はない。

もちろん、本書が生まれるための道をつけてくれた研究者や作家たち、ヴィンセント・ホールト、F・S・ボーデンハイマー、ロン・テイラーとバーバラ・カーター、フリエタ・ラモス＝エロルデュイ、マウリツィオ・パオレッティ、デイヴィッド・ジョージ・ゴードン、ピーター・メンツェルとフェイス・ダルージオ、フローレンス・ダンケルとジーン・デフォリアートにも謝意を表したい。

それから、昆虫食の分野にいる友人すべてにありがとうの言葉を送る。その優しさと、励ましと、聡明さがなければ、私はとてもここまで来られなかった。具体的には以下の人たち。デイヴ・グレイサー、ザック・リーマン、ブレント・カーナー、ダイアン・ギルフォイル、DGG、ハーマン・ジョハール、ベン・プラット、リーナ・チェン、アーロン・ドッシー、ポール・ランドカマー、フランク・フランクリン、ジョン・ヘイリン、マーク・フィンク、トリーナ・ジョイ、ロザンナ・ヨーとモニカ・マルティネス、マーク・バーマン、アート・エヴァンズ、ジョアン・ローク、マルセル・ディッケ、アルノルト・ファン・ホイス、マリアン・ピーターズ、バルト・ホーヘブリンク。

そもそもこの道を歩むきっかけをつくってくれた、マールボロ・カレッジと人類学者のキャロル・ヘンドリクソンにも感謝している。

そして、キャロルとグレンのファーストノー夫妻、ノヴァ・ブロンスタイン、ポーラ・スペリー、ケイティ・コラレック、デイヴィッド・Z・モリス（とその驚くべき編集眼）、ジェイス・ハーカー、ローリー・カステラーノ、馬場ミキコ、林リカ、リス・サザン、デイヴィッド・モーイにもお礼の言葉を述べたい。

最後になるけれど、エージェントのエイドリアン・ランタと編集者のケイティ・ソールズベリーに謝意を表したい。このプロジェクトを信じてくれて、ありがとう。

日本語版の刊行に寄せて

自分の本が日本で出版されるなんて、こんなに光栄なことはありません。おかげで、私の人生をつくってきたひとつの時代が見事に完結した気がします。私は半分日本で育ったようなもの。父の仕事の関係で九歳のときに南カリフォルニアから東京に来て、一四歳まで六本木駅近くの自宅から西町インターナショナルスクールに通っていました。

東京で過ごした幼い日の記憶は今も鮮明に残っています。夏になるとあたりに充満したセミの声。目に見えそうなほどにじっとりと重い空気。燃えるようなツツジの花。屋台の焼きそばのにおい。単調な呼び声を流しながら町を行くトラック。まだまだいくらでも。日本のエキスはDNAのように私の意識に織りこまれていて、ときおり思いがけないかたちでその姿を現わすんです。

日本で受けた影響がなければ、たぶんこの本を書くことはなかった、いや、書けなかったでしょう。日本で暮らしたからこそ人と違う目で世界を眺めることができ、アメリカ文化が押しつける「正常」の枠にとらわれない物の見方ができるようになったんですから。

本書を執筆する作業の一環として、二〇年ぶりに日本に戻ることができたのは本当に嬉しかった！　一〇日ほどしかいられなかったけれど、もうすぐ夫になる人を懐かしい場所に連れていくこともできました。自分でもびっくりしたのは、広尾駅から学校までの通学路をまだ覚えていたこと。もちろん、前に住んでいたマンションへの帰り道も。よくみんなでビルの屋上から屋上へと飛び移ってどこまで行けるか、なんてやっていたけれど、その場所も彼に見せてあげました。有栖川宮《ありすがわのみや》記念公園にも寄って、隅から隅まで案内したり。昔は毎日のようにこの公園で、五時の鐘に促されるまで友だちと遊んでいましたっけ。

二度目の日本で新たにつくった思い出は、どんな食通もうらやむようなものばかり。いろいろな生き物を、いろいろな味を堪能しました。それだけで本が一冊書けそうなくらい。クジラからゴキブリまで、それこそ全部食べた気がします。その一部は第5章でもご紹介したとおり。でも、食べ物よりはるかに素敵だったのはここで出会った人たち。みんな、ごく普通の人間よりも多面的で深みがあるように思います。ひいき目じゃないかって？でもね、虫食いさんこそが最高の人たちっていうのが、経験からくる私の確信なんです。

アメリカに戻ってこの本の原稿を書きおえてから、私の人生は急展開しました。まずカリフォルニアからミネソタに引っ越して結婚。それから少しして本書が刊行され、同じ月に妊娠が判明。ツワリがきたら鉄分の多い虫で栄養を補わなくっちゃ、なんて思っていたのに、いざ始まったら虫は見るのもだめ。おかげですごく妙な状況に。つまり、死ぬほどムカムカしているのに、インタビューでは虫を食べる話を事細かにしなくちゃいけない。

とんだウソつきでしょう？　何度か生放送中に戻しそうになったほどでした。

刊行以来、この本はさまざまな媒体で紹介されています。第4章は「ベスト・フード・ライティング二〇一四」に選ばれて同名の本に収録されました。『未来のための昆虫料理』には、私の文章が（前国連事務総長の）コフィー・アナン氏などと並んで取りあげられています。イギリスの高級百貨店「セルフリッジズ」に依頼されてウィンドウ・ディスプレイづくりに協力し、巨大な虫料理を出す一九五〇年代風ダイナーに仕上げたことも。全国放送のテレビ番組にも何度か出演し、何本かのリアリティ番組にも助言をしました。

とはいえ一番時間を割いてきたのは、ミネソタに慣れることと息子の子育て。息子は一歳半になり、今のところは食べ物の好き嫌いがかなりあります。まだ虫を欲しがったことはないけれど、きっといつかはと期待しています。ほかのお母さんが料理にこっそり野菜を混ぜるみたいに、私もお皿にそっと虫を忍ばせちゃおうかな。でも、そんなことをしたら児童保護局の人が訪ねてきちゃう？　そしたら、黙ってこの本を渡してあげましょう。

ダニエラ・マーティン

二〇一六年五月

訳者あとがき

二〇一三年五月、衝撃的なニュースが世界を駆けめぐった。国連食糧農業機関（FAO）が、食料問題解決の切り札のひとつとして「昆虫食」を推奨する報告書を発表したのである。日本でも、「虫は未来の食料」「食料危機を救う救世主」とテレビなどでかなり取りあげられたので、覚えている人も多いだろう。

で、この報告書、とにかく熱い。全編を通して、いかに昆虫が優れた食料かをいろいろな角度から説きに説く。いわく、体によくて地球のためにもなる食材。栄養価が高く、環境に優しく、効率よく養殖ができ、貧困地域における生計の手段にもなり……などなど。以来、昆虫食に関する話題を目にすることがめっきり増えてきた。オランダを中心に科学的な研究も着々と進められ、フランスやアメリカなどさまざまな国で食用昆虫ビジネスが加速している。日本でも徳島大学が、食用コオロギの量産技術確立に向けた一歩を踏み出した。まさに「昆虫食革命」のうねりが高まりつつあるといっていい。

そもそも国連機関にいわれるまでもなく、日本には昆虫食の伝統がある。全国区ではないし、長野ばかりが有名だが、『昆虫食入門』（内山昭一著、平凡社新書）によれば四一道府県で計五五種が食べられていた記録が残っている。もちろん日本だけではない。FAOの報告書には、全世界で一九〇〇種あまりが消費され、約二〇億人もが日常的に昆虫を口にしていると記されている。そう、ほぼ三人にひとり。

しかもそれとは別に、虫を食べるサブカルチャーが以前から存在するのも知る人ぞ知るところ。飢餓対策としての昆虫食と、好きで虫を味わうことを同列には語れないけれど、その両方への注目度が高まることが昆虫食の推進につながるのは間違いない。というわけで、FAOの報告書はそういったサブカルへの目配りもしっかりとしている。

ちょっと待った、虫だなんてバカいっちゃいけない、と思うあなた。ご心配なく、FAOもちゃんと問題点を指摘している。昆虫食の普及を阻む要因としてとくに挙げているのが、心理的な抵抗。いくら体によくてもやっぱり虫はだめ、と拒否感を覚える人はけっこう多いはずだ。この壁を越えるにはどうすればいいか。報告書は「教育」が重要だと訴える。つまり、まずはその意義と価値を頭で理解しましょう、と。

そこで、この教育のために敢然と立ちあがったのが、本書の著者ダニエラ・マーティン。その熱さはFAOの報告書をもしのぐ。もちろん日本にも昆虫食の本はたくさんあるが、レシピ本であったり、自らの実践の紹介が中心だったり、昆虫食を勧めるにしても控えめだったりするものが多い気がする。それにひきかえ著者は、進化や環境の切り口から、栄養や経済の面から、あるいは歴史や文化の視点から、さまざまな方面の根拠を集めてわかりやすく説きあかしつつ、あの手この手でこれでもかと改宗を迫る。これでどう？　まだ虫を食べたくならない？　じゃあ、これならどう？　といった具合に。

著者はＦＡＯの報告書が出る何年も前から、ひとり昆虫食に目覚めて実践を重ねてきた。アメリカという、昆虫食の習慣がない国で奮闘するうえでは、より一層の理論武装が必要だったのかもしれない。ともあれ、その強烈な虫食愛に促されるまま前半の三つの章を読めば、「そこまでいうなら試してみてもいいかな」ときっと思えてくるほどの説得力だ。

しかも、それだけに終わらないのが本書の魅力。後半では著者がアメリカを飛びだして、デンマーク、日本、タイ、カンボジア、オランダと旅しながら各国の虫食事情をレポートし、自分でもいろいろな虫を味わいつくす。それはまるで旅番組かグルメ番組を見ているかのよう。なんて楽しそうに、なんて美味しそうに虫を食べることか。虫の味の描写とは思えない形容詞が並び、つい食指が動く読者も少なくないに違いない。

ダニエラ・マーティンはアメリカで「虫食いブロガー」として知られる昆虫食研究家。日本とは浅からぬ縁があり、子ども時代の五年間を東京で過ごしている。プロのジャーナリストというわけではなく、あるのは虫食いへのひたむきな情熱のみ（ちなみに今一番食べてみたいのはオーストラリアのミツツボアリだそうだ）。けれど、これだけ幅広い資料をまとめあげ、情報と楽しさのいっぱい詰まった本に仕上げたのは見事。頭に訴え、さらに五感も刺激する。昆虫食に漠然と興味を抱いていた人に、新たな一歩を踏みださせる力をもった一冊といえるだろう。

かくいう訳者も著者の熱さに押され、好奇心や妙な使命感も手伝って、本書の作業中に生まれて初めて虫を食べてしまった。しかも二度。最初は、たまたま都内の居酒屋で開催されていた期間限定「昆虫食フェア」に担当編集者らとくり出し、みんなで大騒ぎしながらタケムシ、コガネムシ、サソリ、イナゴ、ハチの子、カイコのサナギ、クロアリを胃袋に収めた(タケムシの素揚げは絶品! イナゴ・ハチの子の佃煮も美味!)。その後、第5章に出てくる「昆虫食のひるべ」に誘われて単身参加し、昆虫スイーツをつくって味わったり、本当だコオロギって美味しいなんて思ったり、どなたかのペットのマダガスカルゴキブリをなでなでしたり。よもや自分の人生にこういう経験が待っていようとは。

第3章にあった「スシとムシの類似」が頭をよぎる。アメリカで寿司が流行りはじめたころは、こんな感じだったのかもしれない。生魚という未知の食べ物に意を決して挑戦し、新しい味が気に入った人はどんどん寿司のファンになった。虫の場合も、味わえる場が増えていって、そこで虫ならではの美味しさを積極的に感じる体験ができれば、そして本書のような情報を通じて虫を食べること自体に興味をもつ人が多くなれば、昆虫食は日本でももっともっと広まっていくんじゃないか。そんなことを思った。

それにつけても、著者の大好物であるワックスワーム(ハニーワーム)が食べられなかったのがちょっぴり心残りでもあり、そういう自分が驚きでもあり……。

……というようなことが、この本を読んだあなたの身にも起きるかもしれない。

本書は*Edible: An Adventure into the World of Eating Insects and the Last Hope to Save the Planet*（New Harvest, 2014）の日本語版である。ただし、日本語版では著者の許可を得て原書の一部を割愛したことをお断りしておく。

本書の刊行までにはいろいろな方にお世話になった。なかでも、第5章に関する質問に丁寧に回答してくださり、資料のご提供もいただいたうえ、「昆虫食のひるべ」でさまざまなお話を聞かせてくださった昆虫料理研究会の内山昭一さんには、この場を借りて深く感謝申しあげる。また、新居購入と引っ越しの忙しい合間を縫って日本語版向けのあとがきを書き、質問にも快く答えてくださった著者にも謝意を表したい。そして、一部の翻訳を手伝ってくれ、虫食いディナーにもつき合ってくださった山田由香里さんと、底知れぬ食のパワーで皆を圧倒した飛鳥新社の花島絵理奈さんにも感謝の言葉を述べたい。

最後になるが、本書の企画を実現してくださり、さまざまなサポートとご配慮を頂いたうえ、虫食いディナーで「ゲンゴロウを食った男」の異名を得た飛鳥新社の畑北斗さんに、心からお礼をムシあげる。

二〇一六年五月

梶山あゆみ

付録-1

食用になる虫リスト（五十音順）

虫が食べられるかどうかを確かめるには、いくつかのルールを頭に入れておくといい。ただし、例外も多いので要注意。

一番大まかな見分け方が、デイヴィッド・ジョージ・ゴードン著『虫食い料理ブック』に載っている。標語みたいで覚えやすい。

赤、オレンジ、黄色はやめておけ
黒、緑、茶色はかぶりつけ

これはふたつのことを教えてくれる。まず、色鮮やかな昆虫は、自分が美味しくないことを宣伝していると考えよう。天敵に向かって、「食べる価値はないよ」と伝えるネオンサインってわけ。こういう色を警戒色という。

この種の虫には毒があるものもいれば、苦かったり臭かったりするものもいるし、鋭い体毛が生えている場合もある。そのいい例がテントウムシ。真っ赤な色は人間の目にはきれいに映るけど、鳥にとっては死ぬほどまずいことを告げる警告の赤。テントウムシは身の危険を感じるとアルカロイドを分泌する。これが苦くて臭く、鳥の一日を台無しにしちゃうの。

一方、黒、緑、茶色は周囲の環境に紛れやすい色で、そういう虫は食べても安全なことが多い。緑の虫は葉や草と区別がつきにくいし、茶色い虫は樹皮や土と、また黒い虫は影や岩と見分けにくい。こういう虫は、埋もれたお宝みたいなもの。味がいいし、虫自身もそのことを知っている。だから自分を目立たなくして生きのびる作戦をとるわけ。こういうふうに、敵から隠れる能力を総称して「クリプシス」といい、保護色や擬態、地下生活、あるいは夜行性などもこれに含まれる。

ここまでの説明を読んで、不思議に思う読者も多いんでは？　食べられる虫でも警戒色を身にまとって、まずいふりをするものがいてもよさそうなのに、って。じつは、そういう虫はちゃんといて、それを「ベイツ型擬態」と呼ぶ。ヒッチコック映画の『サイコ』に出てきた、虫も殺さぬ顔の殺人鬼ノーマン・ベイツからついた名前ってわけじゃないけど、私はそうやって覚えている。ベイツ型擬態をする昆虫は、いわば『サイコ』のベイツと正反対。つまり、実際以上に自分を危険に見せている。

ただ、おわかりとは思うけど、自然ってやつは一筋縄じゃいかない。色で見分ける方法は絶対じゃないの。少し考えただけでも例外がいくつか思いうかぶ。たとえばミツバチは黄色と黒の縞々で、毒針をもっていることをはっきりと警告している。でもオスのミツバチには針がなく、食べてもまったく問題がない。逆に、ツチハンミョウの仲間は黒、緑、茶色といった「善良な」色をしているのに、カンタリジンという毒物をもっている。これは民間伝承で媚薬の基本成分とされる一方で、刺激性があるのでじかに摂取するととても危ない。

クモやサソリには、黒か茶色でも食べないほうがいいものがかなりいる。クロゴケグモは全体は黒いけれど、腹に赤い砂時計のような模様をつけて毒グモであることを知らせてくれている。でも、茶色のドクイトグモと砂色のバークスコーピオンは、そこまで親切じゃない。

覚えておくと役に立つのは、とにかく火を通すこと。加熱すれば、最終的に食べられるようになる確率が増す。

以上を頭に置いたうえで、いくつかの種類を具体的に見てみましょうか。

アリ

アリ科に分類される昆虫はおよそ一万二五〇〇種。著名な研究者E・O・ウィルソンによれば、地球上のアリを全部集めると全人類の重さにだいたい匹敵するとか。ほぼすべての大陸に分布しているものの、全部が全部美味しいわけじゃない。ヒアリみたいな刺すアリは、生のまま口に入れるととりわけ危険。度胸試しに五匹食べただけで、救急救命室に担ぎこまれた男がいたほど。

アリが刺すなんて不思議だって? でも、アリはもともとカリバチ（スズメバチのように狩りをするハチ）から進化したもので、遺伝的にはミツバチとも近い。アリの多くがギ酸と呼ばれる防御物質を分泌し、これにピリッとした風味がある。虫料理研究家のデイヴィッド・ジョージ・ゴードンは、コショウの代わりに中国産の乾燥アリを好んで使う。

ごく普通の黒や茶色のアリは食用になる。とくに、加熱すれば問題なし。刺すアリも火を通せば食べられるという説もあって、実際にそうなのかもしれないけれど、私は危険を冒す気にならないな。

成虫のアリ以上に美味なのが卵や幼虫。メキシコでは「エスカモーレ」、タイでは「カイ・モット・デーン」と呼ばれ、いろいろな風味のものがある。軽くゆでてライム少々を絞ると、セビーチェのような味がするって知ってた? 炒めれば、スクランブルエッグを燻製にしたみたいな風味になる。

食用アリのうち、とりわけ人気でおもしろいのが、スペイン語で「オルミガ・クロナ」と呼ばれるハキリアリの一種。「オルミガ・クロナ」とは「大きなお尻」って意味。コロンビアやグアテマラなどのラテンアメリカ諸国では、ごく普通に食べられている。大きな女王アリが数千匹を引きつれて飛びたって、新しいすみかを探しているときに、網でつかまえて炒る。味はベーコン風味のヒマワリの種って感じ。

アマゾンのジャングルにすむコンボウアリの一種、通称「レモンアリ」は、まさしく名前どおりの味。口の中で柑橘《かんきつ》系の酸っぱさが弾けるの。

ミツツボアリはおなかがパンパンになるまで花の蜜をためて、それをほかのアリに与える。さながら「生きた食料貯蔵庫」。オーストラリアのアボリジニ固有の食文化のひとつで、地面から掘りだして生のまま蜜の部分を食べる。

イモ虫・毛虫

イモ虫や毛虫にはたくさんたくさん種類がある。チョウもガも、始まりはみんなイモ虫か毛虫。食べられるものが多い一方で、そうじゃないものもけっこういる。たいがいは「警戒色」の法則に従えば大丈夫。色が鮮やかだったり、トゲや毛が生えていたら避けたほうがいいし、できればさわるのもやめておくのが無難。中南米にいるベネズエラヤママユガの幼虫などは、世界最強クラスの猛毒をもつ。なんたって毒毛が皮膚に触れただけで死に至る場合もあるとか。あとは、そのイモ虫や毛虫が何を餌にしているかにも注意が必要。たとえばオオカバマダラ（チョウ）の幼虫はトウワタという草を常食にして、その草がもつ毒素を体にためこんでいる。

とはいえ、イモ虫や毛虫はたいてい無害で、しかもとても美味しい。なかでも人気なのがタケムシ。これはタケツトガの幼虫で、アジアの熱帯地域で食べられている。ヤママユガの一種の幼虫はモパニワームと呼ばれ、アフリカ南部では貴重なタンパク源。メキシコでは「グサノス」（リュウゼツランにつくガの幼虫）が美味とされる。もちろんワックスワームもお忘れなくね。ハチミツガの幼虫のことで、鳥も爬虫類も人間もこれが大好き。

白、クリーム色、ベージュ色、あるいは薄茶色のイモ虫は食用になるものが多い。トマトなどにつくスズメガの一種の幼虫のように、鮮やかな緑色をしていても食べられるものはある。グサノスや、ある成長段階のシンクイムシ（アワノメイガの幼虫）は、くすんだ赤やオレンジ、ピンク色だけれど、これも警戒色のルールから外れる。

カイコはカイコガの幼虫。アジアの国々で広く食用とされている。食べるのは、繭から絹糸を紡いだあとに残るサナギで、ゆでるか炒るかするのが一般的。カイコのサナギの缶詰は韓国で「ポンテギ」と呼ばれ、韓国食材を扱う多くの店で売られている。ただし、缶詰のものにはクセがあって、たぶん慣れないと美味しさがわからないと思う（私は慣れられなかった）。その代わり、調理したてのカイコは絶品。エビ味のポップコーンみたいな風味がある。

オーストラリア固有のボクトウガの幼虫は「ウィチェッティ・グラブ」と呼ばれ、ウィチェッティ・ブッシュというアカシアの一種の根の中で見つかる。タンパク質と脂質が豊富で、アボリジニは熱い灰をかぶせて焼いたり、火であぶったりして食べる。フォトジャーナリストのピーター・メンツェルが書いた『虫を食う人間』によれば、「ウィチェッティ・グラブは、ナッツ風味のスクランブルエッグとモッツァレラチーズをフィロ〔訳注　小麦粉を水で練って紙のように薄く延ばした生地〕で包んだような味」なんですって。

カメムシ

カメムシは、カメムシ目（半翅《はんし》目ともいう）に分類される昆虫の総称。どれも、樹液などを吸うためのとがった口器をもち、翅の半分が柔らかい膜状で半分が硬い鞘《さや》状になっている。翅を閉じているときには、背中にきれいなX形ができるのが特徴。メキシコ南部のタスコでは毎年カメムシ・フェスティバルが開かれていて、現地で「フミレス」と呼ばれるカメムシをいろいろな料理にして味わう。生で、炒って、あるいはすりつぶしてサルサに入れて。ゲテモノ番組のレポーター、アンドリュー・ジマーンは果物の砂糖漬けのようだと話していたけれど、私にいわせれば辛味のあるケール風味ってところかな。

カメムシの仲間でもうひとつ人気なのがタガメ。世界中の池にすんでいて、とくにタイとベトナムで食用として愛されている。タガメの「エキス」も店で売られていて、ソースやスープに加える。私自身の体験からいうと、タガメの風味はなんとも独特。アンチョビにバナナの香りを混ぜて古い香水にひたしたような味とでもいいましょうか。とにかく強烈なのはたしか。その飛翔筋をほんの少しかじっただけで、頭の中は「エキス」でいっぱい。でも、生のタガメは青リンゴキャンディのような香りがする。

甲虫《こうちゅう》

「甲虫」というのは、甲虫目《もく》（鞘翅目《しょうしもく》ともいう）に分類される昆虫の総称。鞘翅とは文字どおり「鞘状の翅」のこと。なぜこう呼ばれるかっていうと、普段は硬い鞘翅《さやばね》で内側の柔らかい翅を覆っているから。私はいつも甲虫のことを、繊細な自我を鎧《よろい》で隠しているやつ、ってイメージしている。

　知られている全動物の約二五パーセントがこの分類にくくられ、全昆虫のおよそ四〇パーセントが甲虫だっていうから侮れない。

　集団遺伝学を確立したひとりで、著名な科学者のJ・B・S・ホールデーンは、「創造物の研究を通して何か創造主の性質がわかったか」と尋ねられ、神は「星と甲虫が度を越して好きだった」に違いないと答えている。

　要するに、世界には甲虫が山ほどいるってこと。ただし、数のわりには甲虫の成虫が食用にされることは少なく、人も動物もたいていは幼虫（地虫《じむし》）の段階を好む。成虫でも美味しく食べられるケースはかなりあるけれど、硬い鞘翅が厄介。虫に目がない鳥やクマでさえ、甲虫じゃなく柔らかい虫を選ぶことが多い。

　例外はたぶんコガネムシかな。食用のコガネムシはメキシコだけでも八〇種あまり。古代エジプトで崇められていたフンコロガシ（スカラベともいう）もコガネムシの一種。そのフン好きの性質をものともせずに、中国の一部地域では食べられている。ゲテモノ・レポーターのアンドリュー・ジマーンは、マダガスカルでキリンクビナガオトシブミという甲虫の焼いたのを試したら、エビに似て、ナッツの風味もあって美味しかったとか。コフキコガネについては後ろにレシピを載せた。カリカリしていて、少し苦味のある香ばしさは絶品。保証する。

　食べられる甲虫かどうかを見極めるには、その虫のファッションセンスと食生活で判断するのがいいかもしれない。色鮮やかで、しかも毒性の強いキョウチクトウをかじっていたりしたら、手を出さないのが身のため。

コオロギ

ああ、コオロギ！　魅惑の万能食材！　コオロギは食用昆虫界の鶏肉みたいなもの。クセがなく、少しエビに似た味で、どんな料理にもよく合う。ディズニー・キャラクターのジミニー・クリケット〔訳注『ピノキオ』などに登場するしゃべるコオロギ〕のおかげもあってか、欧米ではコオロギの知名度が高く、イモ虫や甲虫よりコオロギに親しみを感じている人が多い（ちなみにバッタやキリギリスはコオロギの親戚）。

タイ、カンボジア、ラオス、ベトナムでは、素揚げにしたり炒ったりして食べる。日本と中国ではペットとして飼われることもある。

長い「しっぽ」をもっているのがメスで、その正体は産卵管。これを使って卵を安全に地中に産む。鳴くのはオスだけで、両翅についた発音器官をこすり合わせて音を出している。翅についた丸い構造が音を増幅するので、鳴き声は夜の闇に響きわたる。大きな鳴き声は交尾を呼びかける合図で、小さな声は近くにいるメスへの求愛。密会がうまくいったあとには続けて短く鳴く場合もある。

野生のコオロギをつかまえるなら、虫取り網で十分。噛むコオロギもいるので、注意してね。野生のコオロギは黒から茶色までいろいろいる。

個人的には、生まれて五週目くらいの若いコオロギが好き。大きさは十分なのに、まだ柔らかい。とくにニンニクとよく合う気がする。

ゴキブリ

意外に思うかもしれないけれど、ゴキブリの多くは食用になり、しかもかなり美味しい。もちろん、キッチンの床にいるやつをいきなり頬張ったりしないように。それまでどこにいて何を食っていたのか、わかったもんじゃない。

マダガスカルゴキブリは爬虫類の餌としてペットショップでも売られている。身の危険を感じるとシューシューという音を立てる〔訳注　これを英語でヒス（hiss）ということから、英名はマダガスカル・ヒッシング・コックローチという。清潔な環境で育てられ、餌も果物や野菜。ゴキブリそのものが生まれながらに汚いわけじゃない。ただ、都会にいるものや、出所のわからないものは避けたほうがいい。

遊園地のイベントで、生きたマダガスカルゴキブリの早食いコンテストが開かれて、優勝者はジェットコースターの無料券がもらえるというのが何度かあった。二〇一二年には、コガタドクロゴキブリの早食いコンテストで男性が死亡している。検死報告書によれば、死因は窒息死。急いで飲みこもうとして、よく嚙まなかったのがいけなかったらしい。

責任感ある昆虫食愛好家なら、どんな虫であれ生きたままや生で食べるのを勧めたりはしない。それに、たいていの肉と同じで加熱したほうが味もよくなる。

ゴキブリを試してみたいなら、まだ殻が硬くなっていない若いものがおすすめ。私は日本に行ったときに、若いマダガスカルゴキブリの素揚げをのせた握り寿司を食べた。ものすごく美味しくて、小さなカニの天ぷらみたいだった。

でもゴキブリにアレルギーのある人は、無理に手を出す必要はないかも。

サソリ

恐ろしい姿をしているものの、料理の仕方によってはとても美味しい。中国人に頼めば、串焼きにしてくれる。個人的には、カニを少し土臭くしてあっさりさせたような味だと思う。

サソリはもちろん昆虫じゃなくて、クモ形類。捕食動物なので、生きた昆虫を狩って食べる。人間みたいに、卵じゃなくて子をそのまま産むのが特徴。

サソリの細かな違いがわかるなら別だけど、そうじゃないなら毒の強さを見分けるのは難しい。ペットとして一番よく飼われているダイオウサソリは毒性が弱いものの、外骨格が分厚いのが玉にきず。どんな種類であれ、調理する前に毒針を完全にとり除いておくのが無難でしょうね。

サソリはかなり長生きする場合もあり、自然界では捕食動物として重要な役割を担っている。サソリをつかまえて口に入れる前に、その点と自分の身の安全をよくよく考えてね。けれど、踏みつぶすくらいなら食べたほうがいいとあえていっておきます。

地虫

地虫とは甲虫の幼虫のこと。体がC字形に曲がっているところでイモ虫と区別する。ほとんどの地虫は食べることができて、その味は何を餌にしているかで違う。だからオート麦味もあるし、朽木《くちき》味や、生ゴミ味も。木の味の地虫が好きっていう人もいる。

アメリカで一番多く食べられている地虫はミールワーム（ゴミムシダマシの幼虫）。とりわけ大型の品種は「スーパーワーム」とも呼ばれ、幼虫のまま体が大きくなるようにホルモンを投与されている場合もある。私が味わった感触では、スーパーワームは少し魚っぽい味がするのに対し、小さな「天然」のミールワームはナッツ風味の強いものが多い。どちらもタンパク質、脂質、カルシウムが豊富。

地虫はアジアでも広く食用にされている。なかでも、東南アジアで好まれているのがサゴムシ（ヤシオオサゾウムシの幼虫）。ゆでたり、焼いたり、揚げたり、炒ったりして食べる。これがとくに東南アジアの諸部族に愛されているのは、たぶん脂肪分がすごく多くてカロリーが高いから。伝統的な調理法では、固めたサゴでんぷんの中にサゴムシを入れ、ヤシの葉でくるんで火であぶる。私の印象では、サゴムシは「トロっとしたポテトチップ」といった味。

シロアリ

欧米では、自分の家がこれにやられるまで存在を忘れている人がほとんどでしょうね。でも、野生のシロアリは私たちがヒトになる前から重要な食料源だったの。アフリカのようにシロアリの数がとくに多い地域では、今でも人間やサルが好んで食べている。炒るとナッツのような味がして、必須脂肪酸、タンパク質、ミネラルも豊富。ね、おやつにぴったりでしょう？

シロアリの巣からは、のちに女王と王になる有翅の生殖虫が群れをなして飛びたつ。そのときがつかまえるチャンス。ただし、働きシロアリも食用になるので、昔ながらの釣り棒で巣から釣りあげるか、アリ塚を掘りかえして集める。

アフリカのシロアリは、空調の効いた見事なアリ塚をつくる。ほかの地域でも森に行けば、朽木の近くや石の下にシロアリのコロニーが見つかるかも。

セミ

周期ゼミはおもにアメリカ東部に分布している。地中で一七年も過ごすのが特徴で、それから外に出てきて脱皮し、成虫になる。脱皮の直後はまだ体が硬くないので、食べると美味しくてジューシー。「カニの身のように柔らかく、アスパラガスのような味がする」とは虫料理人デイヴ・グレイサーの言葉。

周期ゼミではないけれど、日本、タイ、マレーシアなどさまざまなアジアの国でもセミを食べる〔訳注『世界昆虫食大全』（八坂書房）によると、日本では長野と山形にセミ食の習慣があったことが記録されている〕。

野生食の達人であるポール・ランドカマーは、周期ゼミが人工の化学物質に触れていなさそうな場所でつかまえるといいと勧める。土の中に一七年もいるので、いろいろな毒素を吸収する時間がたっぷりあるってわけ。よさそうな場所の目星をつけたら、「夜に懐中電灯をもって行って、木の幹を探して」とランドカマー。幼虫は地中にいるあいだ木の根から樹液を吸って生きつづけ、やがて地上に出てきて同じ木の幹に登っていく。そのときが一番つかまえやすい。

タランチュラ（オオツチグモ）

世間一般からはたいそう嫌われているけれど、おおむね無害で美しい動物。NASAの元エンジニア、マーク・ローバーはおもしろい実験を行なった。カメとヘビとタランチュラのゴム製おもちゃを道端に置き、わざわざ狙って轢いていく人がいるかどうかを確かめたの。結果、ほとんどのドライバーは無視したけれど、「冷血ゴム動物キラー」の大半はタランチュラをターゲットにした。

実験の模様を収めたユーチューブ動画のなかで、ローバーはこう語りかけている。「タランチュラ君、率直にいおう。君は広告代理店を変えたほうがいい」

タランチュラは燻製のロブスターみたいな味のものが多く、おもにカンボジアで好まれている。

ほとんどのタランチュラは無毒で、噛まれたとしてもハチに刺された程度の痛さ。ただし、死んだタランチュラでも害をなす場合がある。何かっていうと、ある種のタランチュラには腹部に刺激毛が生えていて、身の危険を感じるとそれを足で蹴って飛ばすの。タランチュラを調理するときには、残酷じゃない方法で安らかに眠ってもらってから、この刺激毛を完全に焼ききるか、腹部をごっそりとり除くかするのが無難。腹部以外の毛も忘れずに焼いておいてね。タランチュラに完全に火が通ったら、鋏角《きょうかく》と呼ばれる顎《あご》状の器官から慎重に毒牙を抜いてから食べるのが正解。

サソリと同様、タランチュラも長命で重要な捕食動物。

トンボ

トンボは湿地帯でよく見つかる狩りの達人。獲物をむさぼり食うだけじゃなく、トンボ自身も美味しくいただける。しかも幼虫から成虫まで、どの段階でもオーケー。水中で暮らす幼虫のうちは、少し魚っぽい味だとか。成虫は炒めたり、パン粉をつけて丸ごと揚げたりすると、サクサクしたスナックに（少し筋張っているけどね）。姿が似ているイトトンボもやはり食用になる。

インドネシアでは、伝統的なやり方でトンボを捕って食べる。アシなどの長い葉の先に樹液をつけておき、それを釣竿のように振ってトンボをくっつけてつかまえるの。私はやっぱり虫取り網のほうがいいかな。

トンボは、ハエやカなどを食べてくれるありがたい存在。けっして捕りすぎないように。

ハエの仲間（カ・アブなども含む）

食用にできるハエの仲間は数十種類あって、幼虫、サナギ、成虫のあらゆる段階が対象になる。ほとんどの場合、食べられるかどうかは何を餌にしているかで決まる。たとえば、イエバエそのものにはなんの問題もないんだけれど、腐ったゴミなんかにたかっていたならアウト。

イエバエのサナギはブラッドソーセージ〔訳注　血液を多量に入れてつくった黒っぽいソーセージ〕に似た味で、実際に鉄分の含有量が多い。

湖にいるハエの仲間も食べられるものが多く、昔からアメリカ先住民に好まれてきた。モノ湖（カリフォルニア州北部の塩水湖）周辺に住む北パイユート族のある部族は、自分たちを「クカディカディ」と呼んでいて、これは「ミギワバエのサナギを食する者」という意味。クカディカディの女性は、編んだザルみたいなもので水からサナギをすくい取る。サナギはドングリや松の実と一緒にスープやシチューに入れたり、すりつぶして小麦粉と混ぜてパンを焼いたりする。

東アフリカには「クンガケーキ」という栄養満点の食べ物が。これは、網で集めた大量のユスリカをすりつぶしてペースト状にし、それを圧縮して固めて加熱したもの。メキシコでは、

「アステカのキャビア」とも称される「アウアトル」という料理があって、アウアトルとは「水のアマランサス〔訳注　小粒の穀物の一種〕」という意味。これは、テスココ湖で捕れる水生のハエの一種（またはミズムシ）の卵を材料にする。エビのような風味がするといわれ、干し固めたり、トルティーヤやタマルに混ぜたりして食べる。

現在、注目を集めているのがミズアブ。生ゴミを餌としてその幼虫を育て、家畜向けや、あわよくば人間向けのタンパク源にすることを目指して研究が進められている。

バッタ・イナゴ・キリギリス

バッタやイナゴは世界中で愛されている。メキシコ、アジア、アフリカ、中東で広く食用とされていて、地球全体の消費量で見ても上位に入るほど。

メキシコでは「チャプリネス」と呼ばれ、チリとライムで味つけしたものをスナックとして、またはタコスに入れて食べる。東南アジアや中国では、素揚げしたものが市場の屋台などで売られている。日本では、田んぼで集めたイナゴをしょう油と砂糖で煮る。ウガンダとケニアでは、現地の言葉で「ンセニニ」っていうキリギリスを揚げたものが珍味なんだとか。

バッタの仲間はさまざまな色をしているけれど、火を通すと赤くなるものが多い。これは、外骨格に含まれるアスタキサンチンという抗酸化色素のせい。

バッタは個体数が過密になったのを察すると、「孤独相」から「群生相」へと体を変化させ、体色も黒っぽくなる。そして、植物を食いつくしながら大群で移動するの。アフリカや中東では、このときにバッタをつかまえて食べる伝統がある。

ミツバチ

警告――ハチ毒アレルギーのある人がハチを食べると、たとえ加熱してあっても何らかの反応が出るおそれがある。

とくに珍重されるのは幼虫（ハチの子）で、いろいろな地域でごちそうとされている。考えてみれば、ローヤルゼリーと花粉とハチミツしか食べていないんだから、まずくなりようがないよね。ハチの子をバターで炒めると、キノコ風味のベーコンみたいな味になる。

ミツバチの成虫が食用にされる地域もあり、その場合は炒ってつぶして栄養たっぷりの粉にする。中国では、のどの痛みを鎮めるのにハチの粉末が用いられることがある。

美味しいハチの子を手に入れたい？　だったら、オスバチの巣房を除去する予定があるかどうかを地元の養蜂家に聞くのがおすすめ。オスの仕事は女王バチと交尾することで、たいていの数が余っている。たいして授粉の役に立つわけじゃなく、針もない。巣づくりを手伝うでもなければ、幼いミツバチの世話をするでもない。ただ巣から巣へと飛びまわって子づくりをし、ハチミツを食べる。なんて優雅な生活。

オスは働きバチより少し大型な分、巣も大きいものがいる。なので、巣箱の中で独自のセクション（これを巣房という）をつくることが多い。この巣房は、ワックスワームのようなただ飯食いや厄介な寄生虫を引きよせやすい。そこで、定期的にオスバチの巣房をとり除き、冷凍庫に入れて残らずあの世に送って、あとは捨てちゃうか、凍った虫をニワトリにつつかせるかしている養蜂家が大勢いる。でも、あんなに美味しい幼虫をニワトリになんてもったいない。

養蜂家からオスの巣房を分けてもらえることになった？　おめでとう！　すぐさまそれを冷凍庫に入れよう。凍ったら、巣房をいくつかに割ってオスバチの赤ちゃんを取りだす。いろいろな発達段階のものが見られるはず。ほとんど特徴のないものもいれば、赤い目をした小さな白いハチのような姿のものや、完全に体のできあがったものも。働きバチが紛れこんでいる可能性もなくはないので、念のために針がないことを確認してね。

巣房はできるだけしっかり凍らせておいたほうが、この取りだし作業はやりやすい。冷凍庫から一度に全部を出しちゃうと、ハチの子がぐにゃぐにゃ融けて扱いにくくなるから気をつけて。私はいつもピンセットを使ってそっと抜きだしている。面倒だけど、それだけの値打ちは絶対あるから。

さっと炒めて塩少々を振れば、失敗のしようがない。お好みでハチミツをほんの少量加えてもいい。とにかく美味しいのでお試しあれ。クマに聞けばよーくわかるはず。

ミミズ

イモ虫や地虫（甲虫の幼虫）と違ってミミズは昆虫じゃなく、「環形《かんけい》動物」にくくられる。ミミズは土を食べてフンをし、穴を掘って土の中に空気を通すので、土壌を肥沃にするのに役立っている。かのチャールズ・ダーウィンもミミズをこう絶賛した。「世界の歴史において、この下等な構造の生物ほど重要な役割を果たした動物がどれだけいるだろうか。はなはだ疑問である」

文字どおり土を食べているので、ミミズを味わうならまず体の中を徹底的にきれいにしなくちゃだめ。

『昆虫でもてなそう――昆虫料理ガイドブック』という本には、「ミミズが二四時間のうちに食べて吐きだす物質の量はその体重に匹敵する」と記されている。コーンミールか小麦粉を湿らせたものの中にミミズを二四時間入れておけば、体内はきれいになるんだそう。この作業が済んだら一〇分ほどゆでる。ただし、水を替えながら何度かくり返しゆでるのを好む人もいる。ゆで上がったら、炒めたり、素揚げにしたり、炒ったり。乾燥させて粉末にすれば、栄養たっぷりの粉のできあがり。

私個人の経験では、ミミズはかなり鉄っぽい味。実際にタンパク質と鉄分の含有量が多いんだから無理もない。南米のいくつかの部族で妊婦がミミズを食べる習慣があるのは、たぶんこのため。また、ニュージーランドのマオリ族のあいだでは「ノケ」と呼ばれてごちそうとされている。『昆虫でもてなそう』にはミミズを使ったレシピも載っている。

ミミズをつまみ上げると、ミミズがストレスを感じて「おしっこ」を引っかける場合がある。でもこの液体は本当は尿なんかじゃなく、ミミズの体に形を与えてハリのある状態に保っているもの。うまい言葉が見つからないので、「虫汁」とでもいっておこうかな。

付録-2
美味しい虫レシピ

ワックスワームのタコス

甘辛ワックスワーム

ハクナ・フリッタータ

ケールとコオロギのサラダ

セミとアスパラガスのアイオリソース添え

生命の循環カナッペ

ほぼアステカシェイク

コオロギレザー

コフキコガネの甘辛マリネ

フローレンス博士の昆虫ブラウニー

虫を料理するときの注意事項

警告——虫と甲殻類は同じ節足動物で、生物学的な特徴がよく似ている。そのため、甲殻類アレルギーのある人が虫を食べると何らかの反応が出るおそれがある。
ハチ毒アレルギーのある人は、ハチを食べないように。

虫を料理する際には、いくつか基本的なポイントを押さえておこう。

人によっては、一日かそこらかけて虫を「フン抜き」し、体内が空っぽの状態になってから調理するのを好む。かと思えば、虫はそれなりにまともな植物を食べていたはずだと考えてそこまではしなかったり（私はこれ）、面倒くさいし気が急《せ》くのでさっさと料理しちゃったりする（これも私）。

一般に、虫は事前に凍らせておいたほうがいい。それが倫理的な昇天のさせ方。虫は冷血動物なので、冷凍庫の中で神経系の活動がただゆっくりになっていき、深い眠りに入って二度と目覚めることがない。あなたや私は温血動物だから寒いのには我慢できないけれど、昆虫みたいな動物はたいてい冬眠できる。頑丈な種類になると、氷の中で何週間もうたた寝したあとで生きかえるとか。それを実際に自分のキッチンで目撃したことはまだありませんが。

調理前に虫を徹底的にゆでる人もいる。ただ、野生食の達人であるポール・ランドカマーがいうには、水洗いしたり下ゆでしたりすると特有のフェロモン臭が消えてしまう。なので、純粋に虫の味を楽しみたい人からは不評を買っているんだそう。私自身は水でさっと洗いはするものの、下ゆですることはめったにない。一度、『虫料理』の著者フリエタ・ラモス＝エロルデュイがコオロギの炒め物をつくるのを見たことがある。そのときフリエタはコオロギをわざと洗わなかった。結果は……とても美味しかったと認めるしかない。

以上をまとめると、まず凍らせておく。下ゆでするかしないかはご自由に。水洗いはしておこう、たぶん。

虫の料理法として最も一般的なのは、焼くか、炒めるか、揚げるか。

先人のやり方にたぶん一番近いのが焼くこと。火であぶったり、石器で焼いたり、日干しにしたり（つまり日光で焼いたり）していたはず。焼いた虫をすりつぶせば、栄養価の高い粉ができる。

炒めるのは、幼虫や若いコオロギみたいに、殻が硬くない虫におすすめ。

虫に限らず食材はたいていそうだけれど、揚げておけばまず間違いはないでしょう。

安全面を考えれば、生きた虫を養殖場から取りよせたほうがいい。野生のものをつかまえたいなら、生態系のバランスを考えて、けっして一か所から捕りすぎないように。

虫料理研究家のデイヴィッド・ジョージ・ゴードンは、著書『虫食い料理ブック』のなかでこんなふうに語っている。「料理の食材を調達する際、私は『二〇対一の法則』に従うようにしている。近くに同じ種類の虫が二〇匹いると確信できたときにのみ、一匹をつかまえるのだ」

その「食材」が、有毒な植物や化学物質を摂取していなかったかどうかも確かめてね。

とはいえ、虫を料理する以上、毒や寄生虫のリスクはある程度つきもので、それはほかの肉の場合と変わらない（野菜にだって大腸菌Ｏ１５７による食中毒があるのをお忘れなく）。だから、どんな虫も完全に火を通しておこう。もう一度いいますよ。どんな虫も完全に火を通しておこう。無茶な挑戦をするテレビ番組みたいなことを考えちゃだめ。虫を生きたまま食べるなんて、安全の面でも味の面でもバカげている。ほとんどの虫は加熱したほうが美味しくなるし、少なくともそういう意味では鶏肉みたいなもの。

虫の調理が済んだら、肉と同じようにして保存する。

ここに収録したレシピは私が考えたものだけじゃなく、昆虫食仲間が考案した未発表のものも含まれている。食用昆虫のレシピなんてものがあるのかって？　何を隠そう、これはあくまでほんの一例。虫のレシピ本が登場したのはじつに一八八〇年代にさかのぼる。ヴィンセント・Ｍ・ホールトが『昆虫食はいかが？』（友成純一訳、青土社）を書いて、ヴィクトリア朝時代の紳士淑女に昆虫食を勧めたのがその始まり。一九七〇年代には、ロナルド・Ｌ・テイラー／バーバラ・Ｊ・カーター著の『昆虫でもてなそう』が刊行された。一九九八年は昆虫食本業界がにぎわいを見せ、フリエタ・ラモス＝エロルデュイの『虫料理』とデイヴィッド・ジョージ・ゴードンの『虫食い料理ブック』がともに世に出ている。要するに私はけっこう出遅れているってわけ。でも、おかげで大勢の偉大な先生たちの経験から学ぶことができた。

ワックスワームのタコス

これは私が生まれて初めてつくった虫料理で、今でもお気に入りのひとつ。私がホストを務める料理ショーの初回の撮影に臨んだときのこと。プロデューサーがスタジオ内をぐるぐる回りながら、一周するたびに私のところでタコスの中身をつまみ食いしたもんだから、しまいにはなくなっちゃった。ポール・マイヤーズ監督の短編映画『虫人間』のためにこの料理を出したときにも、虫など一度も口にしたことのないカメラの女性が「鶏肉より美味しい」って太鼓判を押してくれたほど。子どもたちなどは、このタコス目がけてわれ先にと手を伸ばす。ある虫料理パーティーでは、お代わりをしなかったのは男性ひとりだけ。その男性は、虫なんぞ絶対に食うもんかと息巻いていて、たしかに口をつけなかった……一個しか。

さて、前置きはこれくらいにして……

[材料]〔訳注　日米で1カップの容量が異なるため、原文で分量が「カップ」で記載されているところはすべて「cc」に換算して表記した〕

・ワックスワーム……240cc
・刻んだタマネギ……240cc
・オリーブオイル……大さじ2

・塩……ひとつまみ
・チリソース
・あとはトルティーヤ、トマト、コリアンダーなど、いつものタコスのお好みの具材で

①生きたワックスワームをひと晩冷凍庫で凍らせる。
②タマネギをオリーブオイルでキツネ色になるまで炒め、強めの中火にする。
③ワックスワームを入れ、炒めながら塩ひとつまみを加える。ワックスワームは熱を受けると体がまっすぐになる。そうなったら、半ば火が通って硬くなりはじめたしるし。ワックスワームの端が少し透きとおってきたらできあがり。
④炒めたワックスワームを肉代わりにして、いつものようにタコスをつくる。お好みのトッピングでどうぞ。

甘辛ワックスワーム

この料理をまずいといった人にお目にかかったことがない。味にうるさい面々の前で、虫料理の美味しさと害のなさを一度だけ証明できるとしたら、私は自信をもってこれをつくる。少し甘く、少ししょっぱく、カリッとしていて、ポン菓子のように軽い。それでいてナッツのよ

うなコクと香ばしさが。これだけでもいいおつまみになるし、サラダやポップコーン、あるいはアイスクリームにトッピングするのもおすすめ。なんなら最後の手順を飛ばして、オーブンからじかに食べてもいいかも(もちろん冷めてから、ね)。

[材料]
・ワックスワーム
・砂糖、塩

①解凍したワックスワームをオーブンの天板に広げる。体にたっぷり脂肪を蓄えているので普通は油を使う必要はないが、好みで天板に油少々を塗っておいてもいい。
②180℃のオーブンで5分程度、表面がカリッとキツネ色になるまで焼く。焼きムラにならないよう、ときどき天板を揺すってワックスワームを転がす。はぜる音がしても大丈夫。カリカリになってきたしるし。小さくて焦げやすいので、目を離さないように。
③熱したフライパンに②を入れ、砂糖少々と塩少々を振る。フライパンを揺すりつづけ、溶けた砂糖がワックスワームに絡むようにする。できたら容器に移す。
④たったこれだけ! 私はいろいろな風味を実験したいクチなので、ワサビやショウガ、チポトレ(訳注 燻製にした赤トウガラシ)なんかを試したことがある。③にお好きなスパイスのパウダーをまぶせばオーケー。すごく美味しい組みあわせが見つかったら教えてね!

ハクナ・フリッタータ

「フリッタータ」とはイタリア風オムレツのこと。この料理の名前は「ハクナ・マタタ」をもじっている。これはスワヒリ語で「心配いらない」っていう意味で、ディズニー映画『ライオン・キング』の挿入歌のタイトルとして広く知られるようになった。歌を歌ったのは、今や虫食いデュオとして有名なミーアキャットのティモンとイボイノシシのプンバァ。歌のなかで二匹は子ライオンのシンバに、虫を食べる暮らしがいかに気楽かを教えようとする。大きな獲物を走ってつかまえる必要はない、丸太を叩けば地虫が出てくる、って。

シンバが初めて幼虫を食べたときの反応は、「ヌルヌルするけど美味しい」。でも、このレシピを試せば、もっと絶賛してくれるはず。ワックスワーム独特のナッツとキノコの風味が、本物のキノコと絶妙にマッチ。しかも、虫がタンパク質と必須脂肪酸をプラスしてくれる。ティモンとプンバァがいたら、きっとよだれを垂らしてうらやましがるでしょうね。

[材料]

・卵……4個
・牛乳……120cc
・バター……大さじ1

・刻んだタマネギ……2分の1個分
・刻んだエリンギ……240cc
・塩、コショウ……少々
・白ワイン……少々
・ワックスワーム……120cc
・すりおろしたグリュイエールチーズ……120cc
・生のタイム（お好みで）

①卵と牛乳をボウルに入れてかき混ぜる。
②熱したフライパンにバターを溶かす。タマネギを炒め、しんなりしてきたらエリンギを加える。軽く塩をして水気を出す。エリンギがしんなりしたら白ワインを振りかけ、フライパンを揺すってワインを飛ばす。
③エリンギがキツネ色に変わってきたら、ワックスワームを加える。ときどきフライパンを振って材料の上下を返しながら（それができるなら、だけど）、ワックスワームに火が通って端がうっすらキツネ色になるまで炒める。
④①をフライパンに回しいれ、塩コショウ少々で味をととのえる。卵がだいたい固まったら火からおろし、すりおろしたグリュイエールチーズをかける。
⑤直火焼きのグリルに2〜4分入れて、チーズに焦げ目をつける。三角形に切りわけ、生タイ

ムの小枝をあしらう。

ケールとコオロギのサラダ

ケールがお嫌いですって？　じゃあ、その言葉を撤回させてみせましょう。もち寄りパーティーがあると、私はよくこれをつくって行く（とはいえ、虫嫌いの人も交じっているときにはコオロギ抜きにする。虫愛を誰彼かまわず押しつけるのはいやなの）。食べ残しが出たこともなければ、レシピを聞かれなかったこともない。先入観を捨てて味わってもらえれば、トッピングしたコオロギのナッツのようなカリカリ感と、ニンニクのパンチがきっと気に入るはず。おまけにタンパク質、鉄、カルシウムもしっかり摂れる。

［材料］
コオロギ・トッピング
・オリーブオイル……小さじ１
・コオロギ……１８０ｃｃ
・つぶしたニンニク……１かけ（またはガーリックソルト）
・塩……少々

ケールサラダ

・ケール……1束
・オリーブオイル……60cc
・レモン汁……2分の1個分
・塩、ガーリックソルト、チポトレパウダー
・アボカド……2分の1個
・クランベリー……120cc
・松の実（お好みで）

①オーブンを180℃に温める。天板にオリーブオイルを塗っておく。解凍したコオロギを水洗いしてボウルに入れ、つぶしたニンニクと塩（またはガーリックソルトのみ）少々を加えて、ボウルを振りながら混ぜる。
②①のコオロギを天板に均等に広げ、カリッとキツネ色になるまで5〜10分焼く。ときおりヘラでコオロギを裏返す。
③洗って水けをきったケールを一口大に切り、大きなサラダボウルに入れる。葉の上からオリーブオイルを回しかけ、両手で「マッサージ」するみたいにして、ケール全体にむらなくオイルをなじませる。手早くやること。

④③にレモン汁を加え、塩、ガーリックソルト、チポトレパウダー各少々を振る。ボウルを揺するか、両手を使うかして全体を混ぜる。
⑤刻んだアボカド、クランベリー、ニンニク風味のコオロギを④にトッピングし、お好みで松の実を散らす。

セミとアスパラガスのアイオリソース添え

二〇一三年、周期ゼミの季節が終わるころに、ワシントンDCのオランダ大使館でイベントが開かれた。そのときに大好評を博したのがこの料理。材料のセミを集めてきてくれたのは、メリーランド大学の昆虫学の教授でブログ「バグ・オブ・ザ・ウィーク（今週の虫）」を執筆しているマイケル・ラウプ。その何週間か前、ラウプは深夜のトークバラエティ番組に出演していた。そのときラウプは司会者に、セミを一匹食べてくれたら一ドルあげよう、ともちかける。すると司会者は間髪をいれずに口に放りこんで……「うまい！」

このレシピを試せば、きっとあなたも納得してくれるはず。

セミが手に入らなくても、大きめの昆虫ならなんでもいい。ざっと思いうかぶのは、バッタかスーパーワーム（大型のミールワーム）、またはトンボ。

［材料］
・アスパラガス……1束（根元の硬い部分を取っておく）
・オリーブオイル
・セミ……240cc
・ニンニク……1〜2かけ
・塩……少々
・楊枝
・パセリ（あしらい用）

アイオリソース
・マヨネーズ……180cc
・レモン汁……大さじ3
・ニンニク……3かけ
・塩……小さじ2分の1
・挽きたてのコショウ……小さじ2分の1
・パプリカパウダー1……少々

①アスパラガスをさっとゆでて（私は歯ごたえを残すのが好き）、鮮やかな緑色になったら冷

水にとっておく。

②フライパンにオリーブオイルを熱し、セミと、つぶしたニンニクを入れる。塩を振り、カリカリになるまで炒める。

③セミを冷ましているあいだに、アスパラガスを4センチくらいの長さに切りわける。切ったアスパラガス1片とセミ1匹ずつを楊枝で止める（セミが上にくるように）。

④アイオリソースをつくる。マヨネーズ、レモン汁、つぶしたニンニク、塩コショウを、ソース用の小さな容器に入れて混ぜあわせる。色どりにパプリカパウダー少々を振る。

⑤大皿の中央にソース入れを置き、そのまわりに③を並べる。または、セミの上にアイオリソースを少しずつかけてやってもいい。仕上げにパセリをあしらう。

生命の循環カナッペ

私がこのオードブルを出したのは、世界未来協議会主催の晩餐会でのこと。晩餐会には「二〇一一年国連国際森林年賞」の受賞者がつどった。場所はニューヨークのセントラルパーク動物園。背後でアザラシやサルの鳴き声が響くなか、世界中から集まったお歴々が私の一口おつまみに舌鼓を打ち、用意した分はきれいになくなった。会にはカール・ルイスの姿も。ルイスといえば、昔から完全菜食主義を実践し、国連食糧農業機関の親善大使を務め、オリンピックで一〇度表彰台に上がった人物。そのルイスがとりわけこの料理を気に入ってくれて、全員に漏れなく味わわせようと次々に人を引っぱってきてくれたほど。

材料にイチジクが入っているのにはちゃんと理由がある。イチジクと虫（具体的にはハチ）とのあいだには、太古の昔から密接な共生関係があるの。両者は七〇〇〇万年以上前からじつに複雑なやり方でもちつもたれつしながら、ともに生きのこれるように共進化してきた。イチジクが甘い実をつけるためには、そしてハチが子孫を残すためには、どちらかが片方に愛と犠牲を捧げなくちゃいけない。

どういうことかって？　じつはイチジクの実に見えるものは花嚢《かのう》と呼ばれ、あの内側で花が咲いている。イチジクコバチのメスは、産卵のために花嚢の中に入りこんで（このときに翅や触角が取れちゃうことが多い）、その過程で花に授粉する。卵を産んだらメスは死に、イチジクの酵素に溶かされて、体の栄養分が果実に吸収される。つまり、授粉するだけじゃなく、果実そのものの一部になるってわけ。いってみれば、すべてのイチジクの実の中にハチが溶けこんでいることになる。

メスが適切な場所に無事に卵を産めれば、幼虫が成長するまでイチジクが守ってくれる。ただし幼虫が食べちゃうので、この実は種子を残せない。一方、メスがうまく卵を産めなかった場合、そのハチは子孫を残せないものの、イチジクは受粉するので実を熟させることができる。

幼虫が孵化《ふか》すると、オスとメスが交尾する（もちろんあなたが食べるイチジクの中でね）。オスには翅がない代わりに頑丈なアゴがついているので、実の中を嚙みすすんで穴をあけ、出口をつくって息絶える。でもその死は無駄じゃない。翅をもつメスが花粉をつけた状態でその穴を通り、外に飛びたって再びサイクルを始めるの〔訳注　日本で栽培されているイチジクはイチジクコバチを介さずに自家受粉で実を大きくできる〕。

「生命の循環カナッペ」はこのサイクルを表現したもの。虫がイチジクの中央に配置されて、母バチの犠牲をイメージしたチーズがイチジクの奥深くに守られている。

本当はハチの子を使うのが一番なんだけれど、手に入りにくいのでバッタで代用した。

［材料］

・生イチジク……６個
・バター……適量
・セージ（粉末）……小さじ４分の１
・タイム（粉末）……小さじ４分の１
・マジョラム（粉末）……小さじ４分の１
・オレガノ（粉末）……小さじ４分の１（４つ全部そろわなければ、ほかのハーブを組みあわせてもいい）
・塩、コショウ……好みの量
・ヤギの乳のチーズ……少々
・バッタ……12匹（大型のコオロギでもいい）

①イチジクは茎を残したまま縦にふたつ割りにする。親指と人差し指でイチジクを挟み、軽く縦方向に押しつぶして中央を開かせる。
②フライパンに薄くバターをひき、熱する。ハーブをすべて混ぜ、その小さじ2分の1杯分をフライパンに入れて、塩コショウ少々を振る。
③バターがジュージューいってきたら、切り口を下にしてイチジクを並べ、1分ほどそのまま焼く。焼けたら取りだし、切り口を上にする。中央の穴にヤギのチーズ少々をスプーンで入れる。
④同じフライパンにバターを足し、バッタを入れ、ハーブを混ぜたものの残りを振りかけて3分ほど炒めて取りだす。
⑤イチジクとチーズの土台の上に1匹ずつバッタをのせる。美味しく召しあがれ！

ほぼアステカシェイク

このレシピは、第3章で触れた「バグマッスル」（昆虫ベースのプロテインパウダー）をつくったダイアン・ギルフォイルとの合作。タンパク質、必須脂肪酸、鉄分、カルシウムの強烈なパンチをお楽しみあれ。

材料のほとんどはアステカにルーツをもつ。ピーナッツ、バニラ、ココア、それから虫も、すべてアステカ人の食生活の一部だった。もちろん乳製品は違います。

[材料]
・ミールワームとコオロギ……炒るか干すかしたものを合計１２０ｃｃ
・ピーナッツバター……１２０ｃｃ
・低脂肪バニラアイスクリーム……１すくい
・低脂肪乳……４８０ｃｃ
・バナナ……１本
・ココアパウダー……大さじ１

①ミキサーなどを使って、虫をできるだけ細かく粉々にする。
②ほかの材料をすべて混ぜあわせ、最後に①を加える。

●コオロギレザー

〔訳注　一般的なのは「フルーツレザー」で、ピューレ状の果物を乾燥させたアメリカのおやつ〕

ジョン・ヘイリン考案の「コオロギレザー」を初めて味わったのは、サンフランシスコのナイトクラブで開かれた「おたくナイト」というイベントでのこと。ナッツの風味とタンパク質が詰まった素敵なスイーツで、お代わりしたのは私だけじゃない。あっというまになくなっちゃったほど。

ジョンはチャープ社〔訳注　コオロギの鳴き声を英語でチャープ（chirp）と表現する〕を設立して、有機飼料で飼育したコオロギ粉の販売を目指している。コオロギレザーは、この粉を使ったレシピのひとつ。チャープ社では、カリフォルニア州オークランドで運送用コンテナを改造した「コオロギアパート」をつくり、太陽光で発電して、その場でコオロギパウダーを加工することを考えている。チャープ社の場合は、非常に細かい粉が挽ける特注の製粉装置を導入しているけれど、家庭ではミキサーでいいでしょう。うんと細かくはならなくても、抜群の美味しさに変わりはないから。

［材料］
・刻んだリンゴ……240cc
・クランベリー……120cc
・コオロギ粉……60cc
・ハチミツ……適量（お好みで）

［必要な道具］
・天板
・オーブンまたは食品乾燥機
・ミキサーまたはコーヒーミル
・ふるい
・クッキングシート（表面が加工されて耐熱・耐油・耐水性があるもの）

コオロギ粉のつくり方
①オーブンを180℃に温める。天板に薄く油を塗り、凍ったコオロギを均等に広げる。コオロギがカリカリになるまで5〜10分焼く。途中、2〜3分おきにヘラでコオロギを裏返す。十分に焼けていれば、指で簡単に粉々にできるはず。
②①のコオロギをミキサーまたはコーヒーミルに入れ、粉にする。食感をよくするために粉をふるいにかけてもいいし、舌触りを残したいならそのまま使ってもいい。

レザーのつくり方
①ミキサーにリンゴ、クランベリー、コオロギ粉、水少々を入れ、ピューレ状にする。お好みの甘さになるまでハチミツを加える。
②天板にクッキングシートを敷き、その上から厚みが均等になるようにピューレを流しいれる。

オーブンを60℃に温めて天板を入れる。およそ8時間かけてじっくり焼き（もしくは食品乾燥機で乾燥させ）、さわっても指につかなくなったらできあがり。取りだして美味しく召しあがれ！

コフキコガネの甘辛マリネ

先日、昆虫食の伝道師であり野生食の達人でもあるポール・ランドカマーが、自分で考案した最新の昆虫グルメを送ってくれた。箱を開けるとそこには、ラズベリーソースを絡めたセミや、バッタの甘酢漬け、味つけしたカメムシなどがたくさん。なかでも私が一番気に入ったのが甘辛いコフキコガネ。

夏にコフキコガネが群がっているのを見たことある？　くすんだ茶色だしブンブンいうし、けっして食欲をそそる姿じゃない。でも、化学者にして野生食インストラクターのマーク・ヴォーダーブラッゲンによれば、何百年も前から美味しいごちそうとして愛されてきたんだとか。

「アメリカ先住民は、真っ赤に燃えた炭の中にコフキコガネをただ放りこんでいたんですよ。『ポン』と弾けたらできあがり」とヴォーダーブラッゲン。「翅と足を抜けば、タンパク質と脂質の黄金《こがね》色のかたまり。クルミのような風味と甘みがあります」

つかまえるのは簡単。夜行性で光に強く引きよせられる性質を利用して、白いシーツを掛けておき、そこに懐中電灯の光を当てておけばいい。光のところに集まってきたら、手で捕るか、容器の中に払いおとす。

「簡単に見分けがつくし、噛んだり刺したりもしません。コフキコガネに擬態する毒虫もいません」

とはいえ、なんといっても天然ものなので、何を餌にしていたかわからないという点は頭に置いておいてね。食べていた葉っぱに殺虫剤がついていたら、虫経由であなたもその薬剤を摂取することになる。それを考えると、田舎でつかまえたほうがいいかも。

集めたら一晩凍らせる。ランドカマーは調理する前に一〇～一五分下ゆでするんだそう。

「すぐ料理したいなら下ゆではせずに、植物の切れ端や土などをさっと水洗いするだけでもいいでしょう」

［材料］

・ゼリー状クランベリーソースの缶詰……Ｉ缶（約４００グラム）
・ブラウンシュガー……大さじ2
・ガーリックパウダー……小さじ4
・赤トウガラシパウダー……小さじＩ
・ショウガパウダー……小さじＩ

・クミン……大さじ1
・下ゆでしたコフキコガネ

①クランベリーソース、ブラウンシュガー、ガーリックパウダー、赤トウガラシパウダー、ショウガパウダー、クミンをよく混ぜあわせる（ミキサーにかけてもいい）。必要に応じて水で薄める。
②下ゆでした大量のコフキコガネを①の甘辛ソースにひと晩漬けておく。
③②を食品乾燥機のトレーに重ならないように広げ、ひと晩または24時間乾燥させてしっかり固める。砂糖が含まれているので完全にパリパリした状態にはならないけれど、かなり硬くなる。トレーを冷やすと、中身を剝がしやすい。

フローレンス博士の昆虫ブラウニー

モンタナ州立大学の昆虫学者フローレンス・ダンケル博士は、アメリカにおける昆虫食運動の生みの親ともいうべき人物。一九九五年からは、オンラインの『食用昆虫ニュースレター』の発行を引きつぎ、昆虫食の情報を発信している。

フローレンスは一〇年以上前から、自分の学生や一般の人たちに昆虫料理を提供してきた。

かつて、視聴者が参加して過酷な挑戦を行なうテレビ番組が、昆虫の調理法についてフローレンスの助言を求めたことがあったんだとか。ところが、実際にはそれをほとんど無視したらしい。従っていれば、参加者があんなに顔をしかめることもなかったのにね。

フローレンスはたびたびアフリカに赴いて、住民が伝統的なやり方で虫を食べるのを目にしてきた。一番心を動かされたのが、マリで夜に子どもたちが通りを走りまわってバッタをつかまえる光景。

子どもたちが昆虫を捕って食べている様子には、現地の文化が凝縮されているとフローレンスは語る。子どもたちは集まって大きな虫取り袋をこしらえ、狩りの技術を磨きながら袋を獲物でいっぱいにしていく。それから親に頼んでコンロを使わせてもらい、戦利品を調理してほかの子どもと分けあう。こうしたすべてが、大人になるための準備段階ってわけ。

これから紹介するブラウニーを焼けば、いつものおやつにタンパク質、カルシウム、鉄分を簡単にプラスできるし、昔ながらの生活や食について子どもに学ばせるいい機会にもなる。たっぷりつくって食べましょう！

このレシピは、『ベティ・クロッカーの新・図解料理本』第一版（一九六一年）のものをアレンジしてある。アレンジはすべてフローレンスが考えた。その美味しさは、過去一五年間にこれを味わった一〇〇〇人近い人たちによって実証済み。

「栄養強化」の準備

コオロギを炒ってもいいけれど、フローレンスのおすすめはミールワームを炒るか、バターで炒めるか。そのあとは細かく刻んでもいいし、ミキサーにかけてもいい（ミキサーを使うんなら炒めるんじゃなくパリッと炒ったほうがよさそう）。これが、普通のブラウニーに入れるナッツの代わりになる。終わったらブラウニー本体の準備を始める。

［ブラウニーの材料］
・無糖チョコレート……2片（約60グラム）（またはココア大さじ6＋バター大さじ2）
・ショートニングまたはバター……80cc
・砂糖……240cc
・卵……2個
・小麦粉……180cc
・ベーキングパウダー……小さじ2分の1
・塩……小さじ2分の1
・「栄養強化」の昆虫……120cc

ブラウニー
①オーブンを180℃に温める。20×20×5センチの四角い天板に油を塗る。
②チョコレートとショートニングを湯せんにかけて溶かす。砂糖と卵を加えて混ぜ、さらに小

麦粉、ベーキングパウダー、塩、昆虫を混ぜいれる。混ざったら全体を天板に広げる。
③オーブンに入れ、指で軽く押したときに少し跡が残るくらいまで30〜35分焼く。
④少し冷ましてから、５センチ角に切りわける（全部で16個できる）。切る前に、お好みでフローレンス考案のチョコレートコーティングをどうぞ（左記レシピ参照）。

フローレンス博士のチョコレートコーティング
①室温に戻したバター１２０ｃｃに、粉砂糖２４０〜４８０ｃｃとココア１２０ｃｃを加えて泡立てる。
②必要に応じて生クリーム大さじ１と、香りづけにバニラエッセンスやペパーミントエッセンスなどを小さじ１加える。
③なめらかになるまで泡立て、冷ましたブラウニーの上にかけて広げる。最後にフローレンスがよくいう言葉を――「たくさんムシあがれ！」

ダニエラ・マーティン（Daniella Martin）
メキシコのユカタン半島で文化人類学のフィールドワークを実施しているときに虫料理に興味をもつ。以来、昆虫食の研究家となり、ロサンゼルス自然史博物館、NASA、ニューヨークのセントラルパーク動物園、カリフォルニア科学アカデミーといったさまざまな場所でたびたび講演を行なう。『ハフィントン・ポスト』紙にブログを寄稿するとともに、『ウォールストリートジャーナル』紙、『SF ウィークリー』紙、『ウイメンズヘルス』誌、AOL ニュース、ツリーハガー・コムなど、多くの媒体に取りあげられている。2011 年には、『ニューヨーカー』誌の「昆虫食は地球を救う」という記事のなかでも紹介された。好きな食用昆虫は、ワックスワーム、ハチの子、揚げたタケムシ。
「ガール・ミーツ・バグ」www.girlmeetsbug.com

梶山あゆみ
東京都立大学人文学部英文学科卒業。訳書にヘルドブラー／ウィルソン『ハキリアリ』、ブラウン『冥王星を殺したのは私です』、スミス／マクラウド兄弟『ゆる犬図鑑』（以上、飛鳥新社）、ウォード／カーシュヴィンク『生物はなぜ誕生したのか』（河出書房新社）、ウィリアムズ『おっぱいの科学』（東洋書林）、ウォルター『この6つのおかげでヒトは進化した』（早川書房）、デンディ／ボーリング『自分の体で実験したい』（紀伊國屋書店）ほか多数。

私が虫を食べるわけ

2016年6月29日　第1刷発行

著　者
ダニエラ・マーティン
訳　者
梶山あゆみ

発行者　土井尚道
発行所　株式会社　飛鳥新社
〒101-0003 東京都千代田区一ツ橋 2-4-3　光文恒産ビル
電話（営業）03-3263-7770（編集）03-3263-7773
http://www.asukashinsha.co.jp

印刷・製本　中央精版印刷株式会社

ISBN 978-4-86410-494-4

編集担当　畑 北斗